O CERCO

ALEJO CARPENTIER

O cerco

Tradução
Silvia Massimini Felix

Copyright © 2004 by Alianza Editorial

Grafia atualizada segundo o Acordo Ortográfico da Língua Portuguesa de 1990, que entrou em vigor no Brasil em 2009.

Título original
El acoso

Capa
Violaine Cadinot

Ilustrações de capa
Violaine Cadinot; violino: Shutterstock

Preparação
Julia Passos

Revisão
Clara Diament
Luís Eduardo Gonçalves

Dados Internacionais de Catalogação na Publicação (CIP)
(Câmara Brasileira do Livro, SP, Brasil)

Carpentier, Alejo, 1904-1980
  O cerco / Alejo Carpentier ; tradução Silvia Massimini Felix. — 1ª ed. — São Paulo : Companhia das Letras, 2023.

  Título original: El acoso.
  ISBN 978-65-5921-569-0

  1. Romance cubano I. Título.

23-149500   CDD-cb863.4

Índice para catálogo sistemático:
1. Romances : Século XX : Literatura cubana   cb863.4
Eliane de Freitas Leite – Bibliotecária – CRB 8/8415

Todos os direitos desta edição reservados à
EDITORA SCHWARCZ S.A.
Rua Bandeira Paulista, 702, cj. 32
04532-002 — São Paulo — SP
Telefone: (11) 3707-3500
www.companhiadasletras.com.br
www.blogdacompanhia.com.br
facebook.com/companhiadasletras
instagram.com/companhiadasletras
twitter.com/cialetras

O CERCO

I

"Sinfonia Eroica, *composta per festeggiare il souvvenire di un grand'Uomo, e dedicata a Sua Alteza Serenissima il Principe di Lobkowitz, da Luigi Van Beethoven, op. 53, Nº III delle Sinfonie*..." E foi a porta batendo que interrompeu, em um sobressalto, seu pueril orgulho de ter entendido aquele texto. Depois de lhe varrerem a cabeça, as franjas da cortina vermelha voltaram ao seu lugar, dobrando várias páginas do livro. Tirado de sua leitura, associou ideias de surdez — o Surdo, as inúteis cornetas acústicas... — à sensação de perceber novamente o alvoroço que o rodeava. Pegos de surpresa pelo aguaceiro, os espectadores espalhados pela grande escadaria regressavam ao vestíbulo, rindo e empurrando as pessoas amontoadas que se chamavam aos gritos por entre os ombros nus, cercados por uma chuva que se concentrava na concavidade dos toldos para depois se despejar, como a baldadas, sobre os degraus de granito. Embora o segundo sinal estivesse soando, permaneciam todos ali, agrupados, para sentir o cheiro de molhado, do verde dos álamos, de gramas regadas, que refrescava os rostos suados, misturando-se com sopros de terra e de cascas cujas rachaduras se fechavam ao fim de uma longa seca. Depois do anoitecer sufocante, os corpos estavam como que relaxados, compartilhando o alívio das plantas abertas entre as pérgolas do parque. Das platibandas, contornadas por buxinhos, desprendiam-se névoas de campo recém-arado.

"O tempo está bom eu sei para quê" — murmurou alguém, olhando para a mulher que estava encostada na grade da bilheteria, com o perfil oculto por uma pele de raposa, e que não parecia considerar como homem quem estava atrás, já que havia acabado de se desvencilhar do incômodo de uma peça muito íntima — não lhe importava, evidentemente, que ele a visse — com um gesto preciso e despreocupado. "Atrás de uma grade, como os macacos" — diziam os lanterninhas zombando daquele bilheteiro diferente de todos os outros bilheteiros, que permanecia até o final dos concertos, quando lhe era permitido sair depois das dez — embora o Regulamento especificasse: "Meia hora antes do término do espetáculo". Quis humilhar a da pele de raposa, fazendo-a entender que ele a vira, e, com destreza de contador, fez correr um punhado de moedas sobre o mármore estreito da bilheteria. A outra, revelando o perfil, olhou para as mãos suspensas sobre o dinheiro — nunca olhavam para ele, e sim para suas mãos — e voltou a fazer o gesto.

Tal desfaçatez era a prova de sua inexistência para as mulheres que ocupavam aquele vestíbulo, as quais tentavam se manter posicionadas onde um espelho lhes devolvesse a imagem de seus penteados e trajes. As peles, usadas naquele calor, tornavam um pouco úmidos os pescoços e os decotes, e elas, para se aliviarem do peso, as deixavam resvalar, pendurando-as de cotovelo a cotovelo como densas grinaldas de uma cena de caça. O olhar fugiu da proximidade inalcançável. Para além das carnes, ficava o parque de colunas abandonadas ao temporal, e, para além do parque, atrás dos portais nas sombras, o casarão do Mirante — outrora uma quinta rodeada de pinheiros e ciprestes, agora ladeada pelo feio edifício moderno onde ele morava, debaixo das últimas chaminés, no quarto de empregada cuja claraboia se recortava, como uma geometria a mais, entre os losangos, círculos e triângulos de uma decoração abstrata. Na mansão, cuja matéria velha, desmoronando sobre floreiras e balaústres, conservava ao menos o prestígio de um estilo, devia estar sendo velado um morto, pois o terraço, sempre deserto por estar sol demais ou noite demais, vira-se enxameado de sombras até o estrondo do primeiro trovão. Contemplava com ternura, ali de baixo, aquele chão em ruínas, abandonado ao descuido dos pobres, tão semelhante aos casebres mal iluminados de seu vilarejo, onde acender velas para uma morte, entre paredes descascadas e gaiolas cobertas por toalhas de mesa, equivalia a uma suntuosa iluminação de tabernáculo, em meio a móveis cuja pobreza aumentava, junto ao resplandecente chapeado dos candelabros. Durante um velório havia pompas, sob o telhado das calhas, com presenças da prata e do bronze, solenidade de dignitários enlutados, e altas luzes que às vezes mostravam demais as teias de aranha tecidas entre as vigas ou as pardas areias do caruncho. (Então, aqueles que, como ele, estavam estudando algum instrumento tinham de explicar à vizinhança que repassar exercícios não significava uma transgressão do luto, e que o aprendizado da "música clássica" era compatível com a dor sentida pela morte de um parente...) "Naqueles dias, esconde dos homens sua enfermidade; vive a sós com seus demônios: o amor ferido, a esperança e a dor." Se ele estava lá, em cima da banqueta, encostado na cortina de adamascado puído, naquela bilheteria da largura de uma gaveta, era para alcançar a compreensão do grande, para admirar o que outros cercavam com portas negadas à sua pobreza. Essa consciência lhe devolvia o orgulho diante das costas macias, como se pressionadas por polegares nas omoplatas, que a mulher apoiava, baixada a pele de raposa, nas barras finas, tão ao alcance de sua mão. "'A bravura que muitas vezes tomava conta de mim, nos dias de estio, desapareceu' — escreve no Testamento. E é o frio da fossa e o cheiro do Nada. Na casa perdida de Heiligenstadt, naqueles dias sem luz, Beethoven uiva para a morte..." Tinha voltado à leitura do livro, sem pensar mais naqueles que reluziam por suas joias e roupas engomadas, indo dos espelhos às colunas, da escadaria às liras e sistros do grupo escultórico, nesse intervalo demasiado prolongado pelo Maestro, que ainda fazia o trio do *Scherzo* repassar as trompas, erguendo sonatas de montaria nos fundos do palco. "Atrás de uma grade, como os macacos." Mas ele, pelo menos, sabia como o Surdo, um dia, depois de quebrar o busto de um Poderoso, havia gritado na sua cara: "Príncipe: o que sois, sois pelo acaso do nascimento; mas o que eu sou, sou por mim mesmo!". Se desempenhava aquele ofício, à noite, era para chegar aonde jamais chegariam os enfeitados, os adornados, que nunca olhavam para seu rosto, apenas para as mãos que se moviam sobre o mármore da bilheteria. A mulher se afastou da grade de repente, voltando a levantar a pele. Subindo o vozerio dos últimos diálogos, todos se apressavam, agora, em voltar para a sala, cujas luzes iam se apagando desde lá de cima. Os músicos entravam no palco, pegando seus instrumentos abandonados nas cadeiras; os trombones iam para seus altos assentos, os fagotes erguiam-se no centro das afinações dominadas por um trino agudo; os oboés, tendo provado suas linguetas com trejeitos gulosos, demoravam-se em fermatas pastorais. As portas se fechavam, exceto a que ficaria entreaberta até o primeiro gesto do maestro, para que os retardatários pudessem entrar na ponta dos pés. Naquele instante, uma ambulância que chegava a toda passou diante do edifício, detendo-se com uma freada brutal. "Um assento" — disse uma voz apressada. "Qualquer um" — acrescentou, impaciente, enquanto os dedos deslizavam uma cédula por entre as grades da bilheteria. Vendo que os talões já haviam sido guardados e que o bilheteiro procurava as chaves para pegá-los, o homem mergulhou na escuridão do teatro, sem esperar mais. Mas agora chegavam outros dois, que nem sequer se aproximaram da bilheteria. E como a última porta se fechava, eles correram para dentro, perdendo-se entre os espectadores que procuravam seus assentos na plateia. "Ei!" — gritou aquele atrás das grades. "Ei!" Mas sua voz foi abafada por um barulho de aplausos. À sua frente estava uma nova cédula, lançada pelo impaciente. Devia tratar-se de um grande aficionado, embora não tivesse cara de estrangeiro, uma vez que a audição de uma Sinfonia, executada no fim do concerto, merecera dele um preço cinco vezes maior que o do assento mais caro. De roupas muito amarfanhadas, no entanto: como de gente que pensa; um intelectual, um compositor, talvez. "Mas o homem que agoniza ouve, de repente, uma resposta à sua súplica. Do fundo dos bosques que o rodeiam, onde dorme, sob a chuva de outubro, a futura *Pastoral*, responde ao apelo do Testamento, o som das trompas da *Eroica*..." Aquele dinheiro, com sua consistência de mata-borrão, amassado e morno, parecia inchar em sua mão, que latejava. Uma ponte afastava as grades, atravessava as paredes, estendia-se em direção àquela que o esperava — não conseguia pensar nela a não ser "esperando" — na penumbra de sua sala de jantar adornada de pratos, com aquele gesto preguiçoso, muito seu, em que levava das têmporas aos seios, da curva da perna ao pescoço — e o deixava descansar então no colo —, o leque, de cuja armação rendada se desprendiam lufadas de sândalo. A mulher do entreato, com seu gesto; a pelagem fosca sobre a pele suada; os ombros que se entregavam, tateando, ao frescor das barras de metal, haviam-no enervado. Mas o espectador apressado ainda podia voltar para reclamar sua parte do que lançara ao mármore com generosidade de grão-senhor — a Biografia, de páginas abertas, lhe ensinara, além disso, a desconfiar de Príncipes e Grão-Senhores. Um gesto resignado, muito distinto do que devia ser o gesto de júbilo ao fim da longa preparação, afastou a cortina adamascada que o separava da sala, onde o silêncio imobilizara os músicos em posição de ataque. "Sinfonia Eroica *composta per festeggiare il souvvenire di un grand'Uomo*." Soaram dois acordes secos, e os violoncelos cantaram um tema de trompa, sob o estremecimento dos vibratos. "Há três estados desse princípio nos apontamentos coletados por Nottebohem" — dizia o livro. Mas o livro foi fechado com um golpe. O leitor farejava o cheiro de terra, de folhas, de húmus, que entrava pelo vestíbulo deserto, lembrando-se dos quintais de seu vilarejo depois da chuva, quando as aduelas das tinas eram forçadas ao máximo, para o regozijo dos patos que folgavam na água turva. Assim também cheirava — depois dos temporais de verão — o galpão dos entulhos, onde, trepado em uma chocadeira já inutilizável, olhando pelo buraco de um tijolo caído, havia contemplado tantas vezes o banho da Viúva, endurecida por lutos intermináveis, cujo corpo era tão liso ainda, sob o ensaboar que se demorava no ventre e lentamente escorria, em espumaradas, pelas coxas em direção às pernas, que de repente se tornavam as de uma velha quando passavam dos joelhos. Ele conhecera o segredo daquele peito rijo, daquele porte arqueado, como se ainda fosse feito para os braços dos homens, entre uma voz rabugenta e ácida, cansada de dar aula às crianças da vizinhança, e os tornozelos descarnados por percorrer sempre os mesmos caminhos. Agora, a lembrança de quem lhe ensinara o solfejo não muito tempo atrás, enquanto ele, medindo o compasso, lhe detalhava o oculto sob tecidos que voltavam a ser tingidos de preto, se acrescentava às incitações da noite, acabando de vencer seus escrúpulos. Ninguém aqui poderia se gabar de ter se aproximado da Sinfonia com maior devoção do que ele, depois de semanas de estudo, com a partitura nas mãos, diante dos discos antigos que ainda soavam bem. Aquele maestro de recente celebridade não poderia dirigi-la melhor do que o insigne especialista de seus discos — o mesmo que havia conhecido, então estudante, ela nonagenária, uma corista da estreia da *Nona*. Ele podia arrogar-se o direito de não ouvir o que soava naquele concerto, sem faltar à memória do Gênio. "Letra E" — disse, ao perceber que se alçava uma tênue frase de flautas e primeiros violinos. E desceu a escadaria a toda a velocidade, salpicado por uma chuva que ricocheteava na pesada ferragem dos postes de luz. Até mesmo o fedor lanoso de suas roupas molhadas lhe parecia delicioso, íntimo, cúmplice, de súbito, por se sentir possuidor daquela cédula que o tornaria dono da casa sem relógios — de portas fechadas, mesmo que batessem e chamassem por uma noite inteira.

E depois de acordarem juntos, ouvindo o alvoroço dos canários, seria a última brincadeira na cozinha; o fogo aceso sob as canecas de café da manhã com o leque cheirando a sândalo, e o sabor dos biscoitos que deslizavam ao amanhecer pela boca da caixa de correio — onde os mantinha aquecidos o sol que dava para a casa da frente, por sobre a Índia com penacho da padaria.

(... Esse pulsar que me abre às cotoveladas; esse ventre aos borbulhões; esse coração que me suspende, em cima, transpassando-me com uma agulha fria; golpes surdos que sobem de meu centro e se descarregam em minhas têmporas, nos braços, nas coxas; inspiro a espasmos; a boca não me basta, o nariz não me basta; o ar vem até mim em sorvos curtos, me preenche, permanece, me sufoca e depois vai embora em lufadas secas, deixando-me apertado, dobrado, vazio; e depois é o subir dos ossos, o ranger, o tranco; ficar em cima de mim, como se pendurado em mim mesmo, até que o coração, com um giro gélido, solte minhas costelas para me bater de frente, abaixo do peito; dominar este soluço em seco; logo respirar pensando nisso; apertar-me sobre o ar que permaneceu; abrir para o alto; apertar agora; mais lento: um, dois, um, dois, um, dois... O martelar retorna;

pulso para os lados; para baixo, por todas as veias; golpeio o que me sustenta; o chão pulsa comigo; pulsa o espaldar, pulsa o assento, dando um empurrão surdo a cada batida do coração; a pulsação deve estar sendo sentida em toda a fila; logo a mulher ao lado olhará para mim, pegando sua raposa; o homem perto dela olhará para mim; todos olharão para mim; de novo o peito em suspenso; lançar esse sopro que infla minhas bochechas, que está retido. Atingido na nuca, vira-se o que está à minha frente; olha para mim; olha para o suor que cai do meu cabelo; atraí a atenção; todos olharão para mim; há um estrondo no palco, e todos se voltam para o barulho. Não olhar para esse pescoço: tem marcas de acne; tinha de estar ali, exatamente — único em toda a plateia —, para mostrar tão de perto o que não deve ser visto, o que pode ser um Sinal; o que os olhos tentarão esquivar, passando mais acima, mais abaixo, para acabar de marear-se; cerrar os dentes, cerrar os punhos, aquietar o ventre — aquietar o ventre — para deter esse correr das entranhas, esse quebrar dos rins, que me passa o suor ao peito; uma fincada e outra; um embate e outro, me apertar sobre mim mesmo, sobre os desprendimentos de dentro, sobre o que me transborda, ferve, me perfura; contrair-me sobre aquilo que fere e queima, nessa imobilidade à qual estou condenado, aqui, onde minha cabeça deve permanecer no nível das demais cabeças; creio em Deus Pai Todo-Poderoso, Criador do Céu e da Terra, e em Jesus Cristo, seu único filho, Nosso Senhor, que foi concebido pelo poder do Espírito Santo; nasceu da Virgem Santa, padeceu sob Pôncio Pilatos, foi crucificado, morto e sepultado; desceu à mansão dos mortos, ressuscitou no terceiro dia... Não poderei lutar por muito mais tempo; tremo de calor e de frio; segurando meus pulsos, sinto-os palpitar como as aves desnucadas que lançam ao chão das cozinhas; cruzar as pernas, pior; é como se a coxa alta se derramasse em meu ventre; tudo desmorona, revolve-se, ferve, em espumaradas que me percorrem, caem por meus flancos, atravessam-me, de cadeira a cadeira; borborigmos que os outros ouvirão, virando-se, quando a orquestra tocar mais baixo; creio em Deus Pai Todo-Poderoso, Criador do Céu e da Terra; creio, creio, creio. Algo se aplaca, de súbito. "Estou melhor; estou melhor; estou melhor"; dizem que é preciso repetir muito, até se convencer... O que afligia parece aquietar-se, remontar-se, deter-se em algum lugar; deve ser efeito dessa posição; conservá-la, não se mexer, cruzar os braços; a mulher faz um gesto de impaciência, pondo a raposa como barreira; sua bolsa escorrega e cai; todos se voltam; ela não se inclina para pegá-la; acham que sou eu que faço o barulho; olham-me os que estão à frente; olham-me os que estão atrás; veem-me amarelo, sem dúvida, com os pômulos encovados, minha barba cresceu nestas últimas horas; espeta as palmas de minhas mãos; pareço-lhes estranho com esses ombros molhados do suor que volta a cair de meus cabelos, lentamente, rolando pelas bochechas, pelo nariz; minhas roupas, além disso, não são para andar entre tantos luxos. "Saia daqui" — me dirão — "está doente, cheira mal"; há outro grande estrépito no palco; todos se concentram no estrépito... Devo vigiar minha imobilidade; despender toda a minha força para não me mexer; não chamar atenção; não chamar atenção, por Deus; estou rodeado de gente, protegido pelos corpos, oculto entre os corpos; de corpo confundido com muitos corpos; devo permanecer no meio dos corpos; depois, sair com eles, devagar, pela porta em que houver mais pessoas; o programa sobre o rosto, como se um míope o estivesse lendo; melhor se houver muitas mulheres; ser rodeado, circundado, envolvido... Oh! Esses instrumentos que me golpeiam as entranhas, agora que estou melhor; aquele que bate em seus tambores, atingindo-me, cada vez, no meio do peito; os de cima, que tanto soam em minha direção, com essas vozes que lhes saem de buracos negros; esses violinos que parecem serrar as cordas, desgarrando, rangendo em meus nervos; isso cresce, cresce, machucando-me; soam duas pancadas; mais outra e gritaria; mas está tudo acabado; agora temos de aplaudir... Todos se viram, olham para mim, sussurram, levando o indicador aos lábios; só eu aplaudi; só eu; de todos os lados me olham; dos balcões, dos camarotes; todo o teatro parece estar se debruçando sobre mim. "Estúpido!" A mulher da raposa também diz "estúpido" ao homem que está a seu lado; todos repetem: "estúpido, estúpido, estúpido"; todos falam de mim; todos me apontam o dedo; sinto esses dedos cravados em minha nuca, em minhas costas; eu não sabia que aplaudir aqui era proibido; eles vão chamar o lanterninha: "Tirem-no daqui;

está doente, cheira mal; olhe como transpira...". A orquestra volta a tocar; algo grave, triste, lento. E vem a sensação estranha, surpreendente e inexplicável de conhecer "isso" que estão tocando. Não compreendo como posso conhecer; nunca ouvi uma orquestra dessas, nem entendo de músicas que se escutam assim — como aquele, de olhos fechados; como aqueles, de mãos dadas —, como se estivéssemos experimentando algo sagrado; mas eu quase poderia cantarolar essa melodia que agora se eleva, e marcar o compasso desse deter e adiantar um pé e outro pé, devagar, como se estivesse andando, e entrar em algo onde domina aquele canto de som ácido, e depois a flauta, e depois esses golpes tão altos, como se tudo tivesse terminado para começar de novo. "Como é bela essa marcha fúnebre!" — diz a mulher da raposa para o homem que está a seu lado. Não entendo nada de marchas fúnebres; mas sei que uma marcha fúnebre não pode ser bela ou agradável; talvez já tenha ouvido alguma, ali, perto da alfaiataria, quando enterraram o negro veterano, e a banda escoltava o armão da artilharia, com o tambor maior andando de costas: e se vestem, adornam-se, usam suas joias para vir escutar marchas fúnebres...? Mas agora me lembro; sim, me lembro; me lembro. Durante dias escutei essa marcha fúnebre, sem saber que se tratava de uma marcha fúnebre; durante dias e dias ela esteve ao meu lado, envolvendo-me; soando em meu sono, povoando minhas vigílias, contemplando meus terrores; por dias e dias ela me sobrevoou, como sombra de má sombra, agindo no ar que eu respirava, pesando sobre meu corpo quando eu desabava ao pé do muro, vomitando a água bebida. Não pode ser uma coincidência; "isso" estava na casa ao lado, porque Deus quis que assim fosse; não eram mãos de homem as que ali punham, tão perto, aquela música de cortejo à passagem, de tambores surdos, de figuras veladas; era Deus no "depois", como na lenha sem acender está o fogo antes de ser o fogo; Deus, que não perdoava, que não queria mais orações, que me dava as costas quando soavam em minha boca as palavras aprendidas no livro da Cruz de Calatrava; Deus, que me jogou na rua e fez um cachorro latir para mim nos escombros; Deus, que pôs aqui, tão perto de meu rosto, o pescoço com as marcas horríveis; o pescoço que não deve ser olhado. E agora se encarna nos instrumentos que me obrigou a ouvir, esta noite, conduzido pelos trovões de sua Ira. Compareço diante do Senhor manifesto em um cântico, como pôde estar na sarça ardente; como o vislumbrei, alumbrado, deslumbrado, naquela brasa que a velha levava ao seu rosto. Sei agora que nunca ofensor algum pôde ser mais observado, mais bem posto no fiel da Divina Mira, do que quem caiu na clausura, na suprema armadilha — trazida pela Vontade inexorável em que uma linguagem sem palavras acaba de lhe revelar o sentido expiatório dos últimos tempos. Distribuídos estão os papéis neste Teatro, e o desenlace já está estabelecido no "depois" — "*hoc erat in votis!*" —, como estão as cinzas na madeira a ser acesa... Não olhar para esse pescoço; não olhar para ele; cravar os olhos em um ponto no chão; em uma mancha do tapete, no pandeiro que adorna, acima, a moldura do palco; Deus Pai, Criador dos Céus, tende piedade de mim; não vos invoquei em vão; sabeis como eu vos pensava em meus clamores; ainda confio em vossa Misericórdia, ainda confio em vossa infinita Misericórdia; estive demasiado longe de vós, mas sei que muitas vezes bastou um segundo de arrependimento — o segundo de vos nomear — para merecer um gesto de vossa mão, aplacamento de tormentas, confusão de matilhas... A marcha fúnebre terminou, de repente, como alguém que, depois de receber um apelo, uma súplica, responde com um simples "Sim!" que torna inúteis outras palavras. E isso foi quando eu dizia que confiava em sua Misericórdia. Silêncio. Tempo de aplacamento, de repouso. Silêncio que o maestro estende, com a cabeça baixa, os braços caídos, para que algo do que aconteceu perdure. Minhas veias já não pulsam tanto, nem minha respiração é dor. Dessa vez, nem pensei em aplaudir... "Vamos ver como soa o..." [o quê?] — diz a mulher da raposa, sem sequer olhar para o programa. Uma palavra que não ouvi bem. Compreendo agora por que os que estão na fila não olham para seus programas; compreendo por que não aplaudem entre as peças; eles devem ser tocados em sua ordem, como na Missa o Evangelho se apresenta antes do Credo, e o Credo antes do Ofertório; agora haverá algo como uma dança; depois, a música aos saltos, alegre, com um final de longas trombetas como as que embocavam os anjos do órgão da catedral de minha primeira comunhão; devem faltar quinze, talvez vinte minutos; depois todos aplaudirão e se acenderão as luzes. Todas as luzes.)

A casa ainda estava morna de uma presença muito recente que se demorava na desordem da cama rodeada por bitucas de papel de milho. "Espere" — disse ela, indo trocar o lençol e ajeitar os travesseiros. (Os canários, adormecidos na gaiola: cheiro de penas, alpiste e migalhas. O cão, que ergue o focinho, sonolento, acostumado a não ladrar. A mancha de umidade na parede, que parecia um mapa embaçado. As vigas, em vermelho escuro, acima, remedando as imitações de mogno dos salões de aldeia. O balde de água deixado no quintal, quando chovia, para lavar o cabelo pela manhã. E a presença do sabonete rosado, com aroma de fenol.) E era o perfume que ele sempre voltava a sentir com prazer, depois de tê-lo esquecido, pois seu olfato o associava automaticamente a uma imagem de nudez à espera. "Reflexo condicionado" — dizia a si mesmo, percebendo, como sempre, que a partir do momento em que batesse à porta os pensamentos, as sensações e os atos se sucederiam em uma ordem invariável, que havia sido a da última vez e seria a da próxima. O "hoje" se reiterava em uma apetência sem data — podia ser o "hoje" de ontem ou o de amanhã — que renascia com idênticas palavras, diante dos pratos da sala de jantar, ou depois de dizer que o gato adormecido no cesto, com um guizo em volta do pescoço, era muito lindo. A conversa se iniciava sempre da mesma maneira: ele tinha aparecido pouco nos últimos tempos porque estava bastante ocupado com seus estudos; ela não saía nem estava apaixonada. Tinha visto um abajur nas proximidades, que prometia trazer para ela quando voltasse. (Podia ser uma caixa de torrones ou uma almofada bordada...) Ela ria, desconfiada da oferta, e, depois de se sentar em seu colo por alguns minutos, o colóquio morria quando se levantava para acender a luz da mesa de cabeceira, depois de cobrir com um pano a imagem da Virgem da Caridade. Mas, desta vez, algo acontecera: "Por pouco não nos desencontramos. Uns dias atrás, me fizeram ameaças; que iam me expulsar do bairro, que iam me levar para a prisão feminina. Justo eu, que sou uma pessoa que preza pela ordem". Ele a tateava com mãos ansiosas, acariciando o calor de suas curvas. "Vou ficar a noite toda" — ele sussurrou em seu ouvido, para que a casa ficasse fechada. Mas a achava estranhamente inerte, frouxa, ensimesmada em sua ideia. "Eu não vou para a prisão feminina; não quero sair do bairro; aqui eles sabem que eu sou uma pessoa que preza pela ordem." Parecia conferir uma gravidade raivosa ao evento. Impaciente para tirá-la de seu monólogo, ele tentava despojar de toda a importância o que acontecera, por meio de uma mímica de encolhimento de ombros destinada àqueles que a haviam ameaçado. "É uma inquisição; uma inquisição, o que eles fazem agora." Ela dava voltas, regressava à prisão feminina, à mudança, à inquisição, como se fosse incapaz de pensar em outra coisa. A cada repetição a ameaça crescia em suas palavras, tornando-se algo como as moradas de um trânsito infernal. Ela se edificava como única ameaçada, vítima de perseguição, mártir de uma causa obscura, e havia, nessa magnificação dos padecimentos, uma ânsia de ter pena de si mesma pela humilhação sofrida. "Agora querem saber com quem a gente faz a vida." A singularidade da expressão lembrou-lhe, de repente, os telhados e portais de seu vilarejo rodeado de rochas. Ali, lá em cima, onde os dragoeiros rangiam ao vento, onde as folhas membranosas, as orquídeas daninhas, as plantas de gumes e ferrões se entreteciam em emaranhados úmidos que mantinham o orvalho de sol a sol — ali, nas ameias das falésias, costumavam mostrar o focinho, à noite, as cadelas lobas, nascidas daquelas que, séculos atrás, haviam desertado das matilhas selvagens. E o focinho, uivando sobre as carnes ansiosas, clamorosas do cio, dava tais gritos que os cães lá embaixo levantavam a cabeça e gemiam, não se atrevendo a deixar o limite dos quintais. Então as fêmeas, exasperadas pela espera, desciam para as imediações dos vilarejos e lançavam o cheiro de seu desejo na brisa, para que viessem quebrá-las, penetrá-las — arrastadas, mordidas, apedrejadas — até a fuga da aurora, para as altas cavernas dos partos. "Vêm fazer a vida" — diziam os jovens da vila, ouvindo o latido das sedentas, que ofegavam nos caminhos próximos, aos pés das primeiras luzes, com as tetas cravadas na poeira: "Vêm fazer a vida". "E agora" — dizia ela — "querem saber até com quem a gente faz a vida." Ele a beijou, impaciente, sem encontrar aquela suavidade, aquele amoldar-se da carne à dureza do homem que lhe era instintivo. "Agora" — prosseguia — "querem saber aonde foi aquele que saiu daqui; se vai ao café do mercado para tomar seu vinho com gemada." Ele apertava sua cintura, olhando para a cama recém-arrumada. "É uma inquisição" — disse ela, com ênfase crescente, insistindo na palavra, que devia ter gosto de interrogatórios, calabouços, correntes e torturas de justos, ao confundir o Santo Ofício com alguma perseguição pagã. Tinha visto, talvez, nas amostras de orações que os vendedores de rosários e ex-votos dispunham nos peitoris das janelas de conventos e de casas desabitadas. Ali, penduradas em grades que lhes davam uma moldura carcerária, estavam as Virgens das Dores, transpassadas com punhais, com santa Eulália sem seios, santa Lúcia oferecendo os olhos em um cálice, santa Rosa ameaçada pelo Cão com hálito de enxofre, e a Alma Solitária, com os pulsos encordoados, ardendo nas chamas de seu ciúme em infernal masmorra. Em litografia e gravuras de muita tinta se narravam flagelos e estripamentos, esquartejamentos e devorações pelas feras, junto à grelha de são Lourenço e à cruz de santo André. A palavra "inquisição" devia ter, para quem tanto a pronunciava, um sentido tremebundo e misterioso, que dava maior prestígio ao sofrimento causado por aqueles que tinham vindo ameaçá-la — certamente policiais em busca de informações sobre alguém que a visitava amiúde. Por ter se imaginado sem casa para abrigar seu cachorro, seu gato branco rosado, seus canários; por ter imaginado a si mesma a caminho da prisão feminina, apontada com o dedo na calçada que seguia os últimos contornos do porto, entre quilhas varadas, ferrugem do mar e crestados de carvão, devia sentir-se mais limpa, mais clara, mais unida àquela que, todos os anos, na Semana Santa, fechando a casa a qualquer solicitação, percorria as estações, dando boas esmolas e acendendo velas nos altares. "Uma inquisição" — repetiu, passando a mão distraída pelos cabelos. "Vá comprar algo para beber" — disse ele, cansado da lamúria, dando-lhe o dinheiro que lhe aquecia os dedos. "E peça biscoitos para o café da manhã" — acrescentou, observando-a voltar com um impermeável sobre o saiote. "É falsa" — disse ela, devolvendo a nota. "É falsa. As notas em que o General está com os olhos sonolentos são falsas..." "Falsas?" — repetia o homem, desamparado, examinando aquele papel cujas cifras verde-negras de repente haviam perdido todo o poder. "Falsas...?" Enrodilhou-se na poltrona, como à espera de clemência, tateando as poucas moedas que pesavam em seu bolso. Por algum motivo o espectador apressado

tinha atirado aquele dinheiro entre as grades da bilheteria, com um gesto de generosidade que era de mentira.
"Não tenho mais" — disse ele, com a voz expectante.
"Outro dia, talvez" — ela murmurou, fazendo um leve gesto em direção à porta —, "mas esta noite estou muito cansada." Agarrando-se a quem o devolvia à solidão e ao despeito, ele beijou a nuca, os braços, os ombros de um ser inerte, que agora lhe oferecia a boca o quanto quisesse, para levá-lo com mais docilidade à rua. "Não se molhe" — disse ainda, porque a chuva estava aumentando. O homem, em uma corrida furiosa, chegou aos beirais do mercado, onde os perus mostravam cabeças andrajosas sobre a imundície de suas gaiolas. O cheiro de curral, de galinhas, entre aromas de horta e semeadura, levou-o, em um irreprimível piscar de olhos, ao mapa do Grande Vale, cujo canal, eriçado de juncos, era o caminho que tanto lhe permitira brincar; ali, o Homem Invisível. Dos fundos da casa ia, assim, se esquivando de poças e lodaçais — invisível de verdade — por toda a região; sabia-se das cozinhas desertas ao crepúsculo, com os primeiros morcegos voando sobre as panelas deixadas a ferver; surpreendiam-se colóquios proibidos, à sombra das cercas; ouvia-se o ranger das cadeiras de balanço de Viena na sacristia, com os murmúrios das velhas reunidas para o rosário, enquanto o Trepador de Palmeiras acendia luminárias para santos que não eram da Igreja, colocando bilhetes de loteria sob o ferro de uma faca em cuja empunhadura figurava uma cabeça de galo com crista de corais. Além do galpão do ferreiro,

cujas canções faziam rimar palavras de baixo calão, erguia-se o tronco que era a caixa de correio secreta de um namorico de crianças: madeira em que as formigas-lava-pés andavam sob os envelopes, carregando uma larva ou uma palha de aveia. Por aquele oco haviam passado os poemas copiados a lápis, os juramentos escritos, a mecha de cabelo e a bala comprida de listras coloridas como um anúncio de barbearia comprada com os olhos baixos de quem podia adivinhar a verdade e zombar do sincero. Mas, de repente, a menina começou a crescer; de tal forma que parecia se estirar de encontro a encontro, cada vez mais cheia de olheiras, com a canela fina, gigantesca no meio dos pequenos. Um dia, recusou-se a se esconder como antes em um sumidouro do canal, para fazer, com os feijões rosados de uma pinha, umas flautas que eram passadas de boca em boca, procurando o melhor som. Ele havia encolhido diante daquela que abandonava seu mundo, curvando-se para que a cabeça não ultrapassasse o nível dos campos quando andavam à beira da água parada. Seus quadris se arredondavam, suas blusas ficavam justas, e ela não permitia mais que, como antes, ele a chamasse de porca depois de cheirar suas axilas e comprovar, com o nariz bem aberto, que cheiravam a suor. Uma tarde, a carroça que ia para a estação ferroviária trouxe um piano reformado, em cujas teclas a Viúva do luto eterno lhe ensinou a tocar a valsa *Alejandra* de ouvido. Começaram os lanches e as récitas, e os passeios das mulheres, abraçadas umas às outras pela cintura, trocando estreitas confidências, ao longo da rua principal. Foi então que ele, ressentido, quis aprender a tocar algum instrumento de prestígio para entrar na Banda da Semana Santa, em cujas celebrações se faziam aplaudir os solistas de cornetim ou clarinete, com o nome posto em um púlpito, para maior notoriedade... Essa evocação da pureza perdida acabou fazendo sua irritação transbordar contra quem tinha acabado de expulsá-lo de casa. Acreditava-se que tais mulheres poderiam ser amigas, mas eram o que eram: meretrizes no nome, lixo no sobrenome. O livro feria-lhe agora o braço — a capa afiada como uma censura — em meio ao fedor dos perus molhados, das galinhas-d'angola, que passavam cabeças de abutre por entre os arames de suas grades. Uma banana verde, esmagada pela sola de um sapato, exalava seu alúmen na noite. "Sinfonia Eroica, *composta per festeggiare il souvvenire di un grand'Uomo.*" Ao despeito, sucedia-se a vergonha. Nunca alcançaria nada, nem se livraria do quarto de empregada, do lenço posto para secar no espelho, da meia rasgada, fechada no dedão com um barbante, enquanto a imagem de uma prostituta bastasse para afastá-lo do Verdadeiro e do Sublime. Abriu o tomo, cujas folhas se azularam à claridade de um néon: "Depois desse prodigioso *Scherzo*, com seu turbilhão e suas armas, vem o *Final*, canto de júbilo e de liberdade, com suas festas e suas danças, suas marchas exaltantes e suas risadas e as ricas volutas de suas variações. E eis que, no meio, reaparece a Morte...". Ainda dava tempo de ouvir alguma coisa. Parou um carro de aluguel e chegou ao teatro quando, atrás da cortina vermelha, soavam os compassos iniciais do *Final*. O porteiro, sem espectadores para atender, cochilava sobre a gaveta da bilheteria, trepado na banqueta. "Falta muito?" — perguntou, surpreso ao vê-lo regressar. "Uns nove minutos" — respondeu, acrescentando depois, para se gabar de seus conhecimentos: "Bem dirigida, a obra não deve exceder os quarenta e seis". Alçando a vista, ele viu desenhar-se de novo, através da chuva, o velho palacete decadente e enevoado do Mirante, onde as pessoas do velório tinham voltado a se aglomerar na sala dos círios. Lembrou-se da anciã que lá vivia: observara-a da claraboia de seu quarto, trepado em uma cama, divertindo-se em ver como molhava suas plantas com um regador verde, de criança, duas semanas atrás — exatas duas semanas, pois era o dia de seu aniversário, quando, com a pequena quantia recebida do pai, ele havia presenteado a si mesmo com a *Sinfonia Eroica* em discos bastante usados, mas que ainda soavam bem. A visão da velha, com touca branca, encurvada sobre seus vasos e potes de alecrim e hortelã, o enternecera. Assim eram as negras de seu vilarejo de falésias, quando trocavam suas begônias pela oração, na hora das longas sombras, enquanto nos montes se acendia o uivo das cadelas lobas que clamavam por "fazer a vida" com os guardiões ofegantes e tímidos de baixo. De repente, ocorreu-lhe que talvez a anciã é que tivesse morrido. Mas não; essas negras chegavam aos cem anos. Algumas ainda haviam viajado, com uma argola nos tornozelos, nos porões do tráfico. Quando o pagassem, ele a visitaria — mesmo que não a conhecesse — para levar-lhe alguns doces inusuais, desses que vendia, ao lado da igreja do Anjo, um doceiro violinista, cujas bandejas com papel de renda ofereciam alcorças, ossos de santos, biscoitos amanteigados, merengues e gemas confeitadas, adornados com camadas de glacês verdes, vermelhos, opalescentes, recheados de caldas com sabor de hortelã, romã e absinto. Precisava saber que ela estava viva, à noite, por rito de purificação. Duas semanas antes, comprara os discos da *Eroica* a fim de se preparar para a audição direta, em um gesto que lhe parecera digno do Bach que fora a pé até Lübeck para ouvir o maestro Buxtehude. Mas, quando a grande noite chegou, havia trocado a Sublime Concepção pelo calor de uma prostituta. Necessitava saber que a velha estava viva aquela noite. Tanto o necessitava que correria até a casa do Mirante, assim que o *Final* terminasse, para se certificar de que não era ela a pessoa de corpo presente.

II

Mesmo que encubras essas coisas em teu coração, eu sei que te lembraste de todas elas.

Jó 10,13

A velha havia se deitado, encolhida, em sua estreita cama de ferro, adornada com palmas de Domingo de Ramos, voltando-se para a parede com gesto humilde, resignado, de animal que sofre. E ao fim da longa noite em que o amparado a velara, sem poder avisar o doutor — e menos ainda o Doutor morto; fazia muito tempo que ela clamava no escuro, quando a respiração chorosa se fazia palavra —, havia começado o verdadeiro confinamento. Até então, no que corria o dia e entrava a noite, bastava estar no segundo quarto, atento ao aviso da escada em caracol, onde os passos cresciam lentamente, fazendo retumbar a madeira espessa. Havia jornais que a velha pedia emprestados da costureira do andar de baixo; aproveitava a fruta, quase a ponto de passar, que o pregoeiro anunciava mais barata. Mesmo os desejos por café e bebida eram satisfeitos mandando-se comprar em copo, com um uso parcimonioso das últimas moedas — porque a nota dobrada na fivela do cinto não devia ser trocada a não ser quando se soubesse da Gestão. Mas agora, depois que um jovem médico, chamado pela sobrinha, havia rabiscado uma receita apressada — eram muitos degraus para um pagamento tão ruim —, quase não traziam comida para a enferma. Entenda-se por comida: a que range sob o dente, sustenta uma colher cravada em sua matéria, esquadra-se e talha, masca-se com firmeza, com as consistências e texturas que uma fome crescente, já quase intolerável, põe na mente, feita boca, do faminto. A sobrinha aparecia a qualquer hora, com uma garrafa de leite ou uma pequena caçarola de sopa embrulhada em folhas de jornal. Por isso, tivera de se refugiar no Mirante, fechando, do lado de fora, a porta que levava ao terraço. Desde que as pessoas subiam para visitar a doente, muitos tentavam abrir aquela porta, para se livrar do cheiro de doença, naquele retângulo de lajes aquecidas pelo sol. "Nem ela mesma sabe onde enfiou a chave" — dizia, toda vez, a mesma voz de homem, dando empurrões na folha que ele havia protegido, por trás, com estacas e paus fincados no chão. E assim já fazia dois dias que estava sem comer, oculto entre aquelas quatro grandes paredes descascadas e mornas, indo do Westminster sem pêndulo ou ponteiros até o baú de fechaduras enferrujadas em cuja tampa ainda se ostentava o papel em que sua mão havia escrito, certo dia, em grossos caracteres desenhados à ponta de pincel de barbear molhado em tinta nanquim: EXPRESSO.

Sempre temendo que alguém ouvisse as molas do catre rangerem, posta a pistola ao alcance da mão, passava as horas deitado no chão daquele belvedere em ruínas de casa fidalga decadente, cujo mármore cinzento e desgastado como lápide de cemitério conservava um remoto frescor, entre tanto tijolo febril, encerrado pelos murinhos de pedra — demasiado baixos para fazer alguma sombra — que delimitavam o terraço. Pelo menos as noites de agora não eram tão terríveis como as primeiras: aquelas lentas, inacabáveis, empreendidas de bruços sob a janela aberta, velando o próprio sono, despertando a si mesmo quando os olhos se fechavam, porque o sono e a morte se tornavam unos em seu medo. Os olhos abertos comprovavam a realidade de uma estrela, de um girar da luz do farol, novamente desassossegados, de repente, porque um inseto se pusera a arranhar atrás da porta. Um arame das molas do catre que cedesse e estourasse em seu ouvido por sua grande agitação; os grilos que começavam a cantar dentro do baú; a ventania que revolvia a fuligem caída nos cantos do terraço; tudo o que soasse quieto, estranho e surpreendente era, naquelas noites, uma perene expiação pelo tormento. Pouco antes da aurora, no entanto, quando a luz do farol parecia cansada de piscar em círculos, algo como um Perdão descia do alto. Ele parava de se proteger e rendia as pálpebras no primeiro empalidecer do mar, entregue a uma possibilidade que não perdia sua vigência horrível, mas se tornava estranhamente alheia e até desejável, desde que tudo se resolvesse no não despertar, passado o temor de sofrer em sua carne. Porque a dor física lhe era inadmissível. Tão inadmissível que, por não tolerar a dor — não precisava nem ser a pontada de uma dor real, mas só a intuição da pontada —, se achava no abominável presente, esperando o resultado da Gestão. Daquelas noites primeiras lhe restara o hábito de dormir ao amanhecer, já que durante o dia tinha de permanecer dentro do Mirante, para evitar o risco de que o vissem do alto terraço, tertúlia de lavadeiras, folguedo de crianças — as crianças eram as mais temíveis —, no edifício moderno que ladeava o casarão colonial transformado em cortiço, com uma ampla parede sem janelas, coberta por uma pintura sem sentido, em vermelho, verde e preto, que lhe lembrava os discos e sinais de uma ferrovia — embora lá na Universidade alguns estudiosos, desprezados pelos de seu bando, tivessem sustentado que tais hieróglifos em talha heroica correspondiam a um novo conceito de decoração. Ao cair da noite, depois que a velha tivesse rezado o rosário com a costureira do andar de baixo, despedindo-se com aparatosos bocejos para que todos soubessem que ela iria se recolher, ele deslizava até a porta, retirava as escoras e encontrava, no segundo quarto, aquilo que a anciã podia lhe oferecer, em forma de um ensopado ou um cozido bem grosso e firme, com o jornal da manhã, onde ele avidamente procurava alguma notícia relacionada ao seu destino. Muitas vezes, a folha mais interessante se transformava em mero molde de ombreiras, de mangas, recortadas no papel impresso a fim de servir de padrão para as alunas da

Academia de Corte e Costura — como a costureira chamava o quarto com manequins e retalhos de veludo vermelho fincados de alfinetes, onde ela ensinava a confeccionar blusas e saias pouco complicadas. Mas o que ainda restava e narrava fatos dos que viviam lá fora lhe interessava o suficiente para mantê-lo absorto, relendo notícias aparentemente triviais — como as que se referiam, por exemplo, a pessoas que iriam viajar — até a hora em que, já adormecida a velha, se apagavam os pórticos dos cinemas, se despovoavam as ruas, e o choro persistente de uma criança seria indício do sono profundo daqueles que estavam perto de seu berço. Então, acima das luzes que o deixavam nas sombras, podia caminhar por toda a extensão do terraço, olhando para os pátios de arecas e flores desbotadas, onde, sob o arco de uma antiga cocheira, de repente aparecia, à luz de um fósforo, uma mulher abanando o colo ou um velho asmático envolto em nuvens de fumaça de papel da Arábia. Mais além ficavam os fundos da selaria, onde se guardava a relíquia empoeirada de um fáeton com faróis de vela, coberto por um linóleo em que eram postas para secar, como despojos de matadouro, peles semicurtidas. De mais longe brotavam os cheiros tintosos de uma pequena gráfica de cartões de visita. Mais para cá, o mau cheiro das cozinhas pobres, com suas panelas abandonadas por hoje na água gordurenta, e, do outro lado, a movimentação preguiçosa de uma cozinha confortável, onde duas criadas iam deixando cair facas secas sobre a mesa, ao ritmo de um zumbido interminável de canções pouco conhecidas, que voltavam a começar para nunca acabar. Protegendo-se com o corpo do Mirante do sempre temível terraço do edifício moderno, ele assomava à rua, em breves momentos, contemplando o mundo de casas em que, embaralhados com o californiano, gótico ou mourisco, se erguiam panteões anões, templos gregos de alizares e venezianas, vilas renascentistas entre raízes de malanga e buganvílias, cujos entablamentos eram sustentados por frágeis colunas. Eram calçadas de colunas; avenidas, galerias, caminhos de colunas, iluminadas *a giorno*, tão numerosas que nenhuma povoação as tinha em tal reserva, dentro de uma desordem de ordens que mal sustentava um dórico nos eixos de uma fachada, ao lado das volutas e acantos de um coríntio solene, pomposamente erguido, a meio quarteirão, entre as secadoras de uma lavanderia cujas cariátides desnarigadas portavam arquitraves de madeira. Havia capitéis cheios de pústulas arrebentadas pelo sol; fustes cujas estrias inchavam de abscessos levantados por tinta a óleo. Motivos que eram de remate reinavam abaixo — florões em parapeitos, dentículos ao alcance da mão —, enquanto as cornijas se erguiam o máximo que podiam para se assemelhar a um plinto ou pedestal, com acréscimos de vasos romanos e urnas cinerárias entre os fios telefônicos, que se felpavam de plantas parasitas, semelhantes a ninhos. Havia métopas nas varandas, frisos que iam de uma ogiva a um olho de boi, repetindo quatro vezes, lado a lado, em fundição vendida por metro, o tema da Esfinge interrogando Édipo. Assistia-se, de portal em portal, à agonia das últimas ordens clássicas usadas na época. E onde o portal tinha sido descartado, por anseios de modernidade, a coluna ia se arrimando à parede, escorando-se nela, inútil, sem entablamento para sustentar, acabando por diluir-se no cimento que se fechava sobre o destruído. Nada disso tinha a ver com o pouco que o amparado aprendera na Universidade — Universidade que, para ele, ficava guardada no baú de fechaduras enferrujadas.

Expresso. "Procedência: Sancti-Spíritus." A mão soltou o inútil pincel de barba que servira para traçar vistosamente as palavras com tinta nanquim. O amparado contempla a si mesmo, naquele instante decisivo de sua vida. Está ocupado em enfiar coisas dentro do velho baú, trazido para a ilha, havia muitíssimos anos, pelo avô emigrante. Os parentes e amigos que o cercam e em breve o acompanharão até a estação deixaram, nesta manhã, de se mover no presente. Suas vozes o alcançam de longe; de um ontem que se abandona. Não ouve seus conselhos, para desfrutar melhor do prazer indefinível de se sentir já em um futuro entrevisto — de se desprender da realidade que o circunda. No fim da viagem estará a capital, com a Fonte da Índia Havana, toda feita em mármore branco, como se via no cromo da revista pregado na parede com tachinhas, cuja lenda lembrava que em sua sombra havia sonhado outrora um poeta Heredia, a quem o fato de ter nascido em um povoado sem graça, semelhante a este, não o teria impedido de se tornar Acadêmico Francês; no final da viagem conhecerá a Universidade, o Estádio, os teatros; não terá de prestar contas de suas ações; encontrará liberdade e talvez, muito em breve, uma amante, já que isso, tão difícil nas províncias, é moeda corrente onde não há janelas gradeadas, gelosias ou comadres mexeriqueiras. A ideia o faz dobrar com especial cuidado o terno novinho em folha, cortado pelo pai de acordo com os últimos figurinos, que ele planeja estrear, com a gravata e o lenço combinando, quando for se matricular. Depois entrará em um café e pedirá um martíni. Saberá, enfim, o gosto dessa mistura que servem com uma azeitona na taça. Então irá até a casa de uma mulher que chamam de Estrella, de quem o Bolsista lhe contou maravilhas em uma carta recente. E o pai que lhe diz, exatamente neste momento, para não se juntar ao Bolsista, pois parece que leva uma vida dissipada e desperdiça em festas — "que não deixam mais do que cinzas na alma" — a pensão concedida pela Câmara Municipal. As vozes o alcançam de longe. E ainda mais distante parece a estação ferroviária, em meio a camponeses que gritam uns com os outros, de plataforma em plataforma, depois da passagem de um trem de gado que rodava em um trovejar de mugidos. No último momento, o pai compra alguns favos de mel para enviá-los de cortesia à velha que se ofereceu para alojá-lo onde ela mora — parece que há um Mirante no terraço, quarto independente e confortável para o estudante —, e lá vem o expresso chegando, com sua locomotiva de sineta, e a barafunda das despedidas... E aqui chegara, muito tarde da noite, com o baú que agora contemplava; a este Mirante que o fizera visitar sua velha ama de leite, que viera anos antes para a capital, seguindo uma família rica, dona do antigo palacete transformado em cortiço. Desde o primeiro momento percebeu, pelo tom decididamente maternal da negra, que ela iria atrapalhar seu desejo de liberdade, vigiando suas entradas e saídas, resmungando e incomodando — impedindo, pelo menos, que trouxesse mulheres para o Mirante. Por isso, determinou-se a mudar de albergue assim que estivesse encaminhado em seus estudos. E agora, depois de ter se esquecido da velha por meses — é ela quem está gemendo assim faz um tempo, ou são os choramingos do filho da costureira? —, depois de ter desertado desse quarto há tanto tempo, encontrava aqui o supremo amparo, o único possível, junto ao baú provinciano, deixado aqui quando se mudou, pois continha coisas que já não o interessavam.

Mas hoje, ao levantar a tampa, encontrava mais uma vez a Universidade abandonada, bem presente no estojo de compassos e bigotas dados por seu pai; na régua de cálculo, no tira-linhas e nos esquadros; no vidro de tinta nanquim, vazio, que ainda exalava seu cheiro de cânfora. Ali estavam o Tratado de Viñola, com as cinco ordens, e também o caderno escolar onde, adolescente, ele colara fotografias do templo de Paestum e do domo de Brunelleschi, a "Casa da Cascata" e uma perspectiva do templo de Uxmal. Os insetos haviam se alimentado da tela de seus primeiros desenhos à pluma, e dos capitéis e pedestais, copiados em papel transparente, restava apenas uma renda amarelada, que se partia nas mãos. Depois, havia os livros de História da Arquitetura, de geometria descritiva e, ao fundo, sobre o diploma de bacharel, o cartão de Afiliado ao Partido. Os dedos achavam, ao sopesar aquele papelão, a última barreira que poderia tê-lo preservado do abominável. Mas ele estivera demasiado rodeado, naqueles dias, de impacientes por agir. Diziam-lhe que não perdesse tempo em reuniões de célula, ou lendo opúsculos marxistas, ou em elogios a remotas granjas coletivas, com fotos de tratoristas sorridentes e vacas dotadas de úberes fenomenais, enquanto os melhores de sua geração caíam sob o chumbo da polícia repressiva. E, certa manhã, acabou arrastado por uma manifestação que descia, vociferante, as escadarias da Universidade. Um pouco mais longe se deram o choque, a turbamulta e o pânico, com pedras e telhas que voavam sobre os rostos, mulheres pisoteadas, cabeças feridas e balas que se alojavam na carne. Diante da visão dos derrubados, pensou que, de fato, aqueles eram tempos que exigiam uma ação imediata, e não as cautelas e os adiamentos de uma disciplina que pretendia ignorar a exasperação. Quando passou para o lado dos impacientes, começou o terrível jogo que o trouxera de volta ao Mirante, poucos dias antes, em busca de uma última proteção, carregando o peso de um corpo acossado, que era necessário ocultar em algum lugar. Agora, inalando um cheiro de papéis roídos, de cânfora de tintas secas, encontrava naquele baú uma espécie de figuração, só decifrável para ele, do Paraíso antes da Culpa. E ao alcançar, por instantes, um nível de lucidez desconhecido, compreendia o quanto devia àquele confinamento que o fazia sentar-se para falar consigo mesmo, por horas, buscando, no exame detalhado de um cruzamento de fatos, um alívio de sua miséria atual. Havia uma fissura, decerto; um trânsito infernal. Mas, ao considerar as peripécias do que acontecera naquele trânsito; ao admitir que quase tudo nele tinha sido abominável; ao jurar que jamais repetiria o gesto que o fizera olhar tão fixamente para um pescoço marcado de acne — aquele pescoço que o obcecava mais do que o rosto uivante, visto no estrondo do terrível segundo —, pensava que ainda lhe seria possível viver em outro lugar, esquecendo os tempos do extravio. Eram gemidos as palavras com que os atormentados, os culpados, os arrependidos se aproximavam da Santa Ceia, para receber o Corpo do Crucificado e o Sangue do Sacrifício Incruento. Sob a Cruz de Calatrava que adornava o pequeno livro de Instrução Cristã para uso de párvulos, dado pela velha, escutava-se aquele gemido patético, nas orações de confissão, nas litanias à Virgem, nas preces dos Bem-Aventurados. Com soluços, com súplicas, os indignos, os caídos dirigiam-se aos intercessores divinos, por pudor de falar diretamente com Quem, por três dias, tinha descido aos infernos. A culpa toda, além disso, não era dele. Era obra da época, das contingências da ilusão heroica: operação das palavras deslumbrantes com que o teriam acolhido, certa tarde — a ele, bacharel de província, envergonhado de seu terno mal cortado na alfaiataria paterna —, atrás das paredes do edifício em cuja fachada de majestosas colunas se estampavam com relevos de bronze, sob um sobrenome ilustre, os altos elzevires de um HOC ERAT IN VOTIS... Olhava agora para a Sala de Concertos, cujos capitéis com volutas quadradas lhe pareciam uma caricatura daquelas que teriam sido associadas à sua hoje aborrecida iniciação. Ali se confirmava a condenação imposta por aquela cidade às ordens que degeneravam no calor e se cobriam de chagas, oferecendo seus astrágalos para sustentar placas de tinturarias, barbearias, lanchonetes, quando não chiava a fritura à sombra dos pilares, entre balcões de empanadas, sorveteiras e águas de tamarindo. "Vou escrever algo sobre isso" — dizia a si mesmo, sem nunca ter escrito, por causa da necessidade premente de estabelecer para si tarefas nobres. Saía das bebedeiras intermináveis daqueles meses, dos excessos a que se creem convidados os que muito arriscam e desafiam, encontrando a primeira luz no fim do túnel. Ele não sabia para onde teria de ir agora, já que o Alto Personagem iria determinar, para sua maior conveniência, o rumo mais expedito. Nunca terminaria seus estudos de uma arquitetura abandonada no início do primeiro ano. Mas aceitava de antemão os ofícios mais duros, os piores salários, o sol nas costas, o óleo no rosto, o catre e a tigela, como fases de uma expiação necessária. "Creio em Deus

Pai Todo-Poderoso, criador do Céu e da Terra, e em Jesus Cristo, Seu único Filho, Nosso Senhor, que foi concebido pelo poder do Espírito Santo e nasceu da Virgem Maria." Só se lembrava do início do Credo. Ia pegar o livrinho da Cruz de Calatrava, deixado sobre a enxerga, quando percebeu, de repente, que sua fome havia passado. Pensava em peixes e os imaginava como coisas repugnantes, com aquele olho vítreo e plano, que mal era um olho, tachinha cravada no fedor das escamas; pensava em carnes e as achava repulsivas, disformes, com seu sangue aflorado; pensava em frutas e as recordava ácidas e frias; pensava em pães, e tornavam-se desagradáveis os grumos, as gretas de suas migalhas. Não queria comer. Oferecia a Deus a vacuidade de seu ventre, como um primeiro passo para a purificação. Sentiu-se leve, recompensado, compreendido. E pareceu-lhe que uma agudeza deslumbrante o punha em contato íntimo com as matérias, as coisas, as realidades eternas que o circundavam. Entendia a noite, entendia os astros, entendia o mar, que chegava a ele, no reflexo da luz do farol, mansamente atormentado, cada vez que sua rotação coincidia diretamente com seu olhar. Mas não entendia em palavras ou imagens. Era seu corpo todo, seus poros, o entendimento feito ser, que entendiam. Sua pessoa se integrara, por um instante, na verdade. Deitou-se de bruços nas lajes de barro que ainda devolviam o bochorno do dia transcorrido. Soluçava, de tanta claridade, ao pé do Mirante entre as sombras.

Despertou no quarto dia, antes do meio da tarde, com a boca terrosa. Um suor lento, de gotas crescidas sobre cada poro, brotava de suas olheiras, da nuca, da testa, impondo-lhe a ideia de que estava amarelo, abatido, sujo por dentro. Era bom não ter espelho para comprovar, porque teria sido pior. Ele se endireitou no colchão de palha, para aliviar suas têmporas de um rolar de cascalho. Seu sexo, para maior desconcerto, acabara de endurecer dolorosamente, exasperado de latejos que lhe vinham do peito e do ventre. Comprovou o fato pelo toque, e foi sentar-se sobre o baú, estupefato de que seu corpo conservasse tanta energia mesmo com fome. Atrás da porta escorada, além da sala de jantar, a sobrinha falava de maneira confusa com a costureira do andar de baixo. A velha, com certeza, estava melhor. Outras vezes tinha sofrido do mesmo, recuperando-se com suas poções e cozimentos. Mas dessa vez a enfermidade se prolongava. Assim, era necessário "refletir" sobre comer. Pôr a lucidez dos últimos dias — a alegria de não comer — na vontade de comer. Já que não podia contar com a velha para obter algum alimento, pensar em alguma possibilidade. Devia haver coisas comestíveis em uma casa, em um quarto, além daquelas que o homem costumava levar ao fogo. Quando criança, pensara muitas vezes que gosto teria um caldo de grama, uma sopa de folhas, uma salada de gramíneas. Os herbívoros se alimentam de ervas que provavelmente poderiam ser comidas pelo homem. Além disso, quem nunca mordiscou, com prazer, o caule tenro de uma fibra de esparto? Olhou à sua volta: madeira, lama, fuligem. Nas cidades sitiadas da Antiguidade, as pessoas chegaram a comer pedaços de couro macerado. Roía-se o revestimento das selas, ferviam-se rédeas, cinturões, calçados de tiras macias. Também, em uma mina inundada, os homens haviam descoberto depois de alguns dias que os troncos das escoras conservavam cascas frescas... Foi rastejando — para que sua silhueta não se desenhasse nos muros exteriores do terraço — até onde se podia ver o pátio da selaria. Alguém tinha levado as peles semicurtidas que por tantos dias secaram sobre o linóleo que cobria o fáeton. Agora ele estava surpreso com o absurdo de ter querido contemplar aquelas peles inalcançáveis, como se seu cheiro remoto de esfoladouro, de salga, pudesse lhe servir de algum alívio. Madeira, lama, fuligem. "Quando os camponeses foram concentrados nas cidades pela maldade do Capitão-Geral da Espanha — a velha lhe contara —, eles inchavam de tanto beber água." Abriu a torneira e, recebendo a água nas mãos, começou a bebê-la com avidez, para encher a barriga. Mas aquela água amornada pelo sol que aquecia os canos chegava às suas entranhas com uma frialdade pesada e côncava, de serragem molhada. Foi atingido por uma contração violenta e, caindo sobre os punhos, vomitou o que havia bebido, até terminar em um espasmo seco, que lhe afundava o ventre, a cada vez, com um surdo empurrão na nuca, arqueando sua espinha dorsal, como a de um cão que espuma veneno. Esgotado, lançou-se junto à parede, com o corpo sacudido de chicotadas. Estava tão tomado pela ideia de comer que essa ideia, a única que lhe era concebível naquele momento, tornava-se um mandado de índole quase abstrata. Já não pensava, como no primeiro dia de jejum, em algum alimento preferido por seu paladar, nem se pintava já em sua mente, com saudades da infância, a grande cozinha familiar cheirando a pescadinha recém-tirada do óleo — com os verdes untuosos das ervilhas, o arroz tingido de açafrão, a dureza crocante da massa folhada rendida às dentadas —, que punha sabores inatingíveis em sua boca estragada por tanta saliva ansiosa. Os alimentos haviam deixado de se diversificar, para quem só pensava no "alimento", qualquer e único, aceito de antemão, voltado para a fome do recém-nascido que abandonaram ao pé de um campanário, e uiva sua miséria procurando a mãe na pedra... Ouviu vozes. Dentro do caracol da escada, a costureira do andar de baixo chamava a sobrinha para experimentar o vestido. Esperou impacientemente que os sapatos de salto alto soassem, afastando-se, na madeira dos degraus, e que as vozes se situassem no plano da máquina de costura, levada para o quintal com a fresca. Tirando trancas e escoras, abriu a porta que o isolava do resto da casa havia quatro dias. A velha, adormecida, gemia baixinho, ofegante sob suas palmas de Domingo de Ramos. A seu lado, em uma cadeira, havia um prato de sopa, cheio de aveia cozida. Como a colher era de sobremesa, uma mão crispada afundou na massa rachada por açúcares derretidos. E depois foi a língua, ansiosa, apressada, assustada de comer roubando, que limpou o prato, com grunhidos de porco nas profundezas da louça, e logo passou ao assento de palha da cadeira, para lamber o que havia sido derramado. Então levantou o corpo sobre os joelhos e pôs a mão, outra vez, na caixa de Quaker, cavando com as unhas na aveia crua. Depois, a porta ficou fechada. Caía a tarde. A barcaça de areias passou lentamente na altura do Mirante, sobre um sol que tingia de alaranjado a Sala de Concertos. Sob as pérgolas do parque, vários cães no cio assediavam um abutre amarronzado, que esganiçava diante do ataque dos machos. No topo do edifício moderno soava uma música: a mesma de outras vezes. Primeiro agitada; depois, triste, lenta, monótona. Quem jazia no chão, de entranhas ao mesmo tempo doloridas e empanturradas, sonolento, atravessado de borborigmos, indo da felicidade à náusea, confundia aquelas notas surdas, às vezes, com o surdo ruído da gráfica de cartões de visita. Atrás da porta, a anciã começou a chamar a sobrinha com voz irritada, reveladora de melhor saúde. "A senhora não pode comer tanto, tia" — gritava a parda, que regressava com seu vestido novo, ao ver que quase não restava aveia na embalagem de Quaker. "A senhora não deve comer tanto." E como o Soldado a esperava na frente da casa, ela foi embora batendo o salto dos sapatos apressada no caracol das escadas.

A portentosa novidade era Deus. Deus, que se revelara a ele no tabaco aceso pela velha, na véspera de sua enfermidade. De súbito, aquele gesto de tirar a brasa do fogão e elevá-la em direção ao rosto — gesto que tantas vezes ele vira se perfilar nas cozinhas de sua infância — se magnificara em implicações abrumadoras. A mão trazia, ao pegar o lume, um fogo que vinha do mais remoto, fogo anterior à matéria que era consumida e modificada pelo fogo — matéria que seria apenas uma possibilidade de fogo, sem uma mão que a acendesse. Mas se esse fogo presente era uma finalidade em si, necessitava de uma ação prévia para alcançá-la. E essa ação, de outra, e de outras anteriores, que não podiam derivar senão de uma Vontade Inicial. Era mister que houvesse uma origem, um ponto de partida, uma Capitular do fogo que, através das incontáveis eras, iluminara o rosto dos homens. E esse Primeiro Fogo não poderia ter se acendido sozinho... Acreditou vislumbrar, em tudo, uma sucessão semelhante, um processo ineludível de receber energias de outra coisa: o mesmo remontar-se dos atos que, no entanto, não podia ser infinito. Os fios tinham de ir parar, por força, na mão de um Propulsor primeiro, causa inicial de tudo, detido na eternidade e dotado da Suprema Eficiência. O ateísmo de seu pai lhe parecia absurdo, agora, diante de uma imagem que explicava tantas coisas, estranhando que outros não tivessem pensado, antes dele, em demonstrar a existência de Deus por aquela iluminadora revelação que tivera diante de uma brasa. E, como as crianças da casa moderna haviam cantado ontem: "Amanhã é domingo/ Pede cachimbo/ O cachimbo é de barro/ Bate no jarro", e as igrejas convocavam à missa, abriu o livro preto e dourado da Cruz de Calatrava, que agora dispensava deslumbramentos intermináveis a quem crescera, longe do catecismo, em uma alfaiataria maçônica e darwiniana. Cada página lhe revelava uma insuspeitada beleza da Liturgia, dando-lhe a louvável impressão de penetrar um arcano, de ser iniciado, de partilhar os segredos de uma irmandade. Nunca teria pensado que aquilo que ele vira tantas vezes como meros mantéis de altar representava o Mantel que envolveu Seu Corpo, nem que a alva, o cíngulo e a estola narravam três episódios do Processo mais transcendental presenciado pelos homens. Da veste púrpura, que erguia em sua mente as colunas da casa de Pilatos, passava ao Calvário, e então se detinha, absorto, nas bordas do Cálice; e ao contemplar — ao entender — o Cálice, maravilhava-se com a descoberta daquele sepulcro sempre aberto na matéria mais preciosa, mística transposição do maior dos dramas: trevas que lavravam o metal até profundezas impensáveis, sombra envolta no relumbrar das gemas e dos ouros; alquimia revertida que do fulgente fazia uma vasta noite de espera para a humanidade convocada. Até a água, cujo sentido litúrgico ele havia ignorado, agora falava pelo flanco do Redentor. Uma vez já estivera na igreja, levado pela tia devota, quando seu pai viera à capital para comprar tecidos para os que ainda pediam dril e alpaca. Ajoelhara-se, sentara-se, ficara de pé, como os outros, diante do altar de molduras barrocas, sem suspeitar de que, no momento em que o oficiante vestia os hábitos de seu ministério, representava ninguém menos do que o Filho de Deus em sua Paixão. Continuara assistindo à missa olhando para o madeirame da cúpula, no qual sempre dormia algum morcego — entretido com tudo o que não era a missa —, sem saber que ali se representava, em uma ação reduzida à sua essência simbólica, o Mistério que mais diretamente lhe concernia. E agora que tinha consciência disso, achava nos simples movimentos que acompanhavam a Glória, o Evangelho, o Ofertório, aquela prodigiosa sublimação do elemental que, na Arquitetura, transformara o troféu de caça em bucrânio; o aro de cordas, que cinge o feixe de ramos do fuste primitivo, em astrágalo de puras proporções pitagóricas. Ter levado em si tais poderes de entendimento, ser capaz de perceber tais verdades, e tê-lo ignorado, em esbanjamentos abomináveis, para dar ouvidos a discursos que haviam servido tanto para justificar o heroico quanto o abjeto! Ah! Creio! Creio que padeceu sob Pôncio Pilatos, que foi crucificado, morto e sepultado; que desceu à mansão dos mortos e que ressuscitou no terceiro dia. Creio que subiu aos céus e está sentado à direita de Deus Pai Todo-Poderoso. Creio que dali Ele há de vir e julgar os vivos e os mortos... E há algo de trombeta que clama o Juízo Final naquilo que volta a soar no topo do edifício moderno, onde alguém, ainda admirado pela recente compra de um gramofone barato, de som ingrato, não faz nada além de tocar e tocar a mesma música, às vezes colocando a agulha de volta para trás. São como várias peças gravadas em sucessão, uma vez que se seguem — sendo distintas — na mesma ordem. Primeiro é algo muito confuso, quando se ouve um tipo de toque de corneta — um tema de marcha militar que não é bem assim. Então vem o triste, o lento, o monótono. Depois há uma dança muito alegre. Mas é interrompida por um novo toque militar que não acaba, no entanto, por ser de todo militar: algo como os apelos que se ouviam naquele documentário, tão ridículo, dos nobres franceses que, antes da caça, ouviam missa com suas benditas matilhas, enquanto os monteiros de sobrecasaca tocavam uns instrumentos que pareciam grandes volutas de cobre. E terminava sempre com a música aos saltinhos — com algo daqueles brinquedos de crianças muito pequenas, que, pelo movimento contrário de varinhas paralelas, põem dois bonecos para bater em martelos, alternadamente, sobre um malho —, seguida de valsas quebradas, que iam dar em algo majestoso e grande, com trompetes, com metais de banda, como os que soavam em Sancti-Spíritus, perto da alfaiataria, em noites de festa. E então aquele alegre alvoroço final, com suas trompas de caça outra vez... A sobrinha estava descendo pela escada em caracol. Era preciso abrir a porta para ver se a anciã estava dormindo e alcançar o caldo que, como das outras vezes, esfriava junto à cama. Mas agora, ao pegar o prato para levá-lo à boca, suas mãos ficaram em suspenso. Na cara da negra, surpreendentemente sem rugas, dois olhos se abriam, mirando com fixidez vítrea — com intensidade distante e inexpressiva — aquele que deixava o prato entre dois frascos de remédio, não se atrevendo a sorver suas gorduras pintadas em turvas lantejoulas sobre patas finas de pássaros — das que se oferecem, pendendo de um prego, nas barracas de aves a varejo. As unhas de um galo velho, montadas em três dedos de escamas cinzentas, retorcidas, com algo de humano nas rugas de suas peles, repousavam sobre uma fatia de abóbora mal separada da casca. Depois de um instante de hesitação, desafiando o olhar fixo posto tarde demais no irreprimível, a boca afundou naquela sopa de Domingos, assoprando e roendo, antes de se aproximar da caixa de aveia Quaker. Para se fazer perdoar, o homem de lábios polvilhados de aveia crua fez o gesto de cobrir a anciã, levantando o cobertor até seu pescoço. Quando tocou sua bochecha, um sobressalto o fez se recolher em crispação e espera de todo o ser: aquela bochecha estava rígida, dura, e a mão fechada, posta sob a têmpora, voltou à têmpora com a obstinação de um membro morto quando ele tentou encontrar algum batimento cardíaco no pulso de veias frias. Um passo soava no caracol da escadaria. O barulho dos saltos era da sobrinha, que vinha seguida de mais gente e prorrompeu em grandes gritos quando ele, depois de fechar apressadamente a porta atrás de si, chegou ao Mirante. O horror do que acontecera o mantinha estupefato, de cócoras no chão, encostado ao baú, com a atenção posta nos ouvidos: aquela coxeando era a costureira; o tranco lanoso e asmático era do encarregado; o choque das ponteiras em cada degrau era do Soldado — que agora voltava para baixo, em busca do que era necessário para velar e enterrar. Os quintais se encheram de perguntas feitas de janela em janela. E pouco depois, em um sapateado confuso, vieram os das Pompas, com seu gelo e suas velas. E o velório começou, com o surgimento de parentes vindos de bairros remotos — Jesús del Monte, El Calvario, Santa María del Rosario —, que só se lembravam uns dos outros quando tinham a notícia de que já eram menos. Às vezes, alguém batia na porta fechada, querendo ir ao terraço, onde havia renascido o espanto dos primeiros dias. O batente estava bem escorado, e logo aqueles que tentavam abri-la desistiam. Mas, agora, a resistência daquela madeira chegava às suas últimas horas. Assim que levassem o caixão, amanhã, o encarregado — aquele que sempre se irritava com a perda da chave — chamaria o serralheiro. De seu Braço Secular penderia a Chave Mestra. E quando a Chave Mestra girasse na fechadura enferrujada e se visse que a tábua pintada de azul não despregava de seus batentes porque a sujeitavam do lado de fora, ele teria de se entregar. Não àqueles homens que não podiam lhe fazer nada nem sequer chamariam a polícia ao saber que ele pertencia ao mundo dos Temíveis. Era preciso se entregar à liberdade — à rua, à multidão, aos olhares —, que era como se ver convocado. Voltaria ao tormento de interrogar todos os rostos, ao temor de comer dois pratos seguidos na mesma mesa, à intolerável obsessão de encontrar frialdades de hospital na brancura de cada lençol. Seria o abandono da cama antes do sonho realizado, o andar na sombra, com medo do eco de seus próprios passos; a carne que se recolhe e foge do calor de outra carne, porque uma fruta madura caiu no quintal — porque o vento fechou as persianas do corredor. Quando ninguém queria saber dele; quando ele era rejeitado com horror das casas, havia se lembrado da velha. Ela não podia esquecer que, em certa época, o carregara pendurado em seus seios, chamando-o por nomes tão ternos que se comovia quando lhe contavam. A velha, ao vê-lo macilento, com a camisa rasgada e suja sob o terno azul-marinho que vestira para se confundir melhor com as sombras, começou a gritar que não queria desgraças na casa e que quem mal andava pior acabava. Havia alugado o Mirante para ele por uma ninharia, em sua chegada de Sancti-Spíritus; ela o aconselhara como uma segunda mãe. E ele tinha ido embora, certamente, ao ver que não o deixariam trazer fêmeas de má vida a uma casa de fundamento e religião... Mas ele parecia tão miserável naquele momento, montado a cavalo em um tamborete, soluçando entre as mãos de unhas sujas, que voltou a ser, para ela, o mesmo que certa vez pareceu sufocar de coqueluche em seus braços. Eram as veias inchadas, verdes, nas têmporas e no pescoço; o estremecimento espasmódico dos ombros, o hálito avinagrado, a queixa surda, vinda de dentro, no fim dos soluços. Enternecida, a velha o levara ao Mirante, por tanto tempo deserto, para que esperasse ali, escondido — junto ao baú no qual ficara guardado o que restava de sua Universidade —, o resultado da Gestão. Ah! Mãe de Deus, Mãe Puríssima, Mãe Castíssima, Virgem Poderosa, Virgem Clemente, rogai por nós; Rosa Mística, Torre de Davi, Estrela da Manhã, Saúde dos Pecadores, Rainha dos Mártires, rogai por nós... Aquela que acalmou minha fome primeira com o leite de seus seios; a que me fez conhecer a gula com a macia carnosidade de seus mamilos; a que pôs em minha língua o sabor de uma carne que voltei a buscar, tantas vezes, em torsos jovens de seu mesmo sangue, a que me nutriu com a mais pura seiva de seu corpo, dando-me o calor de seu colo, o amparo de suas mãos, que me sopesaram em carícias; a que me acolheu quando todos me rejeitavam, jaz ali, em sua caixa preta, entre tábuas da pior qualidade, diminuta, como se encolhesse o rosto sobre o gelo que goteja em um balde amassado, porque eu, que nem deveria ter pensado nisso

— admitir que me fosse possível —, devorei seu alimento de enferma, engoli suas colheitas, roí os ossos de suas aves, sorvi com avidez de marrano sua sopa de Domingo. Senhor, tende piedade de nós! Cristo, tende piedade de nós...! E, na casa moderna, aquela música tão triste, tão monótona e triste, que parece um responso em ofício de vigília.

Ninguém se surpreendeu ao vê-lo aparecer no velório, pois a velha já havia trabalhado em casas ricas. "Encontraram a chave do terraço" — alvoroçou-se a sobrinha, ao notar que uma inesperada corrente de ar movia as chamas dos círios. "Meus sentimentos" — disseram alguns, pensando que, se um branco estava em um velório de negros, vestido de azul-marinho com aquele calor, era porque algum parentesco ancilar o ligava à finada. Ele se olhou por cima do ataúde no espelho do aparador. Seu rosto estava tão magro, tão livre das gorduras que nele teria espessado a constante bebida dos dias sem faina, quando tentava esquecer a tarefa realizada, que se sentiu encorajado pelo disfarce encontrado em sua própria pessoa. Olhava-se sem parar, sem se ver semelhante a si mesmo. As noites de tormento haviam feito um sulco em suas bochechas, espigado seu queixo, concedendo uma estranha fixidez aos seus olhos, que pareciam ensombrecidos sob um cabelo muito longo — penteado também de forma não costumeira. Encontrava algo tão novo em sua expressão que alguém, ao vir em sua direção num lugar pouco iluminado, poderia até duvidar — talvez — de que fosse ele. Além do mais, contribuíam para isso os óculos escuros, que nos últimos tempos tinham se tornado para ele uma espécie de ferramenta do ofício. Deu graças pela dor recebida nos dias de confinamento e também pela fome do início, elevando-as a Quem sentia cada vez mais presente, como que inclinado sobre os parapeitos do Mirante, excelso em sua glória, mas compadecido dos homens. Viu com prazer, no espelho que lhe devolvia sua nova imagem, que os enlutados se dirigiam ao terraço, um após o outro. Ali aspiravam a escassa brisa de uma noite de nuvens muito baixas, tingidas de ocre em direção à Colina pelo brilho de uma iluminação universitária — podiam ser os refletores do Estádio ou do Pátio das Colunas —, comentando o desrespeito daqueles que lá em cima, tão perto de uma morte, mantinham os discos tocando. Não era música de dança, é claro; mas a música é sempre tocada para contentamento. Quando falaram em despachar o Soldado, com seu caráter de autoridade, para pedir maior solenidade diante do corpo presente, o apito de um barco fez com que todos esquecessem o que, talvez, tivesse parado de soar. Falou-se em pilotos, boias e ondulações, e se concertavam ponteiros de minutos com porfia, porque alguém argumentara que a luz do farol girava com mais lentidão do que a de regra. Regressando da viagem através do espelho, o emagrecido se voltou para a porta, agora escorada com estacas e madeiras para ser mantida aberta, pois, de tanto ter estado trancada, tendia a se fechar sozinha, empurrada pelo costume de suas espessas bisagras pregadas. Como permaneciam no aposento apenas duas idosas com lenços brancos, que rezavam sobre as contas de um mesmo rosário, ele calou a pistola no flanco, onde sempre a levava, pôs a mão no corrimão e desceu lentamente a escada em caracol, cujos rangidos tinham acabado por lhe falar num claro idioma de passos. Cruzou o pátio da Academia de Corte e Costura, na qual, apesar da morte vizinha, as alunas se ocupavam em vestir o manequim gordo e o manequim magro com recortes de jornal transpassados por alfinetes. A visão da avenida em seu nível tornou-se tão nova para ele que hesitou em se separar do umbral da casa. Acima estava o Mirante, com seus pilares de canto coroados de rosáceas. Sob uma iluminação crua, os álamos pintavam amplas sombras na calçada, isolados uns dos outros pela claridade circundante. Depois de pôr os óculos, atrás de cujas lentes escuras — feitas para o sol, usadas à noite — sentia-se mais escondido, começou a andar de sombra em sombra, apertando o passo, enfiando o rosto entre as lapelas quando cruzava alguma luz. Todo o seu dinheiro era aquela cédula nova, jogada como uma esmola, na última casa da qual ele havia sido expulso, na tarde em que uma coluna crivada de balas o salvara da morte. O valor não era suficiente para viajar até a alfaiataria do pai. Além disso, todos ficariam sabendo, em Sancti-Spíritus, de sua chegada. Ele era conhecido pelo veterano que vendia frutas junto ao Obelisco dos Heróis; era conhecido pelo vendedor dos pães de anis; era conhecido pelos barbeiros, que viam todos passarem no alvoroço de suas tesouras mexeriqueiras. Pensou em comer. Mas as cantinas, naquela precoce hora da noite, estavam cheias demais de pessoas que observavam — e nada lhe causava mais medo, agora que havia se lançado na cidade, do que um olhar. De sombra em sombra chegou ao fim das árvores, passando ao mundo das colunas. Colunas listradas de azul e branco, com parapeitos entre os fustes: dupla galeria de portais, naquela calçada real cuja Fonte de Netuno era adornada com tritões, semelhantes a cães selvagens, com cartazes eleitorais colados às costas. Ia, tal qual as manchas das casas, do ocre ao acinzentado, do verde ao roxo, passando do portão de escudos quebrados ao portão de cornucópias sujas. Das esquinas se desprendiam ruas retas, cujo asfalto se tingia de um azul plúmbeo, à luz dos lampiões que a brisa tremeluzia num borrão de insetos deslumbrados. Ali dormia a igreja paroquial, de um gótico de gesso — tantas vezes repintada que os florões estavam todos melecados —, com mato no telhado e gramíneas nos alpendres, em frente à loja dos ímãs, das pedras de raio e das figas de azeviche, para preservar as crianças de enfermidades e maus-olhados. Mais à frente, uma videira espreitava sobre uma parede de alvenaria em ruínas, junto ao vasto armazém de tabaco adormecido em penumbras perfumadas. Sob as arcadas de um velho palácio espanhol jaziam mendigos embrulhados em papéis, entre latas e pertences arruinados, com pesadelos escorrendo sobre sua urina. Apertando o passo, o acossado caminhava de sombra de coluna em sombra de coluna, sabendo-se perto do Mercado, onde cresciam, a esta hora, pilhas de abóboras, bananas verdes e espigas amarelas, perto das gaiolas por cujas grades os perus passavam suas cabeças de tulipas empoeiradas. Mais à frente ficava a calçada das casas de penhores, sempre iluminadas como para um sarau, com suas cadeiras de vime penduradas no forro, sobre uma grande desordem de relógios de pêndulo, consoles e aparadores, de onde emergia, perdido, o braço de algum contrabaixo ou uma floreira policromada. E, atrás dos manequins de noivas e comungantes, atrás dos bronzes da funerária, onde o funcionário de plantão cochilava com a cabeça apoiada em algum ataúde, estavam os mármores cobertos de escamas de peixe, reluzindo, ao fundo, a barbearia dos espelhos em molduras douradas entre latões de bile, tripas e carapaças. Fazendo um desvio, ele passou pelos aromas de polenta e de defumado, de salmouras fortes e de abadejos em penca, para evitar as luzes do café com bules fumegantes em cuja saída ele havia sido preso naquela noite. Por fim chegou à esquina de uma rua escura, com janelas que chamavam em vozes sussurradas, levantando uma aldrava que era sua única possibilidade no presente. Atrás da porta responderam, sem pressa, os passos de Estrella.

"Você estava perdido?" — ela perguntou ao abrir, olhando-o com curiosidade sarcástica, enquanto o cachorro o farejava, sonolento, acostumado a não latir para estranhos. "Acabei de chegar de viagem", disse ele, para justificar o uso de um terno impróprio para a estação e as rugas da camisa lavada na torneira do terraço, diante de quem muito elogiara, nos últimos tempos, suas roupas caras e ostensivas. "Óculos de sol?" — observou ela, tirando-os com um dedo, para experimentá-los de maneira cômica: "A gente vê tudo preto. Essa é a moda?". "Ainda não comi", respondeu ele, olhando para a cozinha em sombras atrás da romãzeira de galhos inclinados. O cão se espalhara no fundo do quintal, ao lado de um rastro de sobras tão abundantes que nada deveria ter restado nas panelas. Estrella trouxe uma garrafa que ainda continha um pouco de bebida. Quando chegou, o homem estivera prestes a se confidenciar, sem mais espera, com a única pessoa que poderia ajudá-lo nesta noite. Mas então o álcool, bebido às pressas, o fizera reconsiderar a situação com mais calma. Estava escondido outra vez. A casa que se fechava atrás dele o cobria e o encobria. Faltavam muitas horas para o amanhecer. Ele tinha pela frente um tempo amplo e propício. Contava com Estrella de antemão. Mas, antes de falar, precisava recriar o clima de intimidade que seu desaparecimento de duas semanas havia interrompido. Ela gostava de sua maneira lenta e contínua de possuí-la. Ele a pegou pela mão, levando-a para a cama. "Espere" — disse a mulher, apagando a luz e deslizando ao lado dele, depois de remover o batom com um papel de seda e cobrir, com um pano, a imagem de Nossa Senhora. Mas ele havia caído em um leito sem fim. A suavidade do travesseiro, depois de ele tanto se remexer no colchão de palha vencida, com tantos buracos que por eles era possível passar um ombro; a bebida, que deixara seu corpo sem ossos, macio, como cera quente; o alívio do peso da pistola, deixado com a roupa; o seio farto e cálido junto a sua face; os braços da mulher, mais gemido agora do que incitação: tudo o fazia descer e descer, sem pressa, deleitosamente, soltos os membros, em direção ao grande colo do sono possível... Quando abriu os olhos, a luz estava acesa. Estrella, de costas para ele, tinha acabado de vestir uma blusa arrematada com fitas verdes. Pelo espelho, olhou para ele com mais indiferença do que despeito. "Venha" — disse ele. "Você não vai conseguir" — ela respondeu, pintando a boca. Entendendo que era mais fácil fazê-la se despir de novo do que tirar o batom, ele se sentou na beira da cama, com um gesto de raiva. Não tolerava que aquela mulher, que ele possuíra tantas vezes com o orgulho viril de vencer sua insensibilidade profissional, ouvindo-a gemer de gozo sob seu peso, o olhasse com uma expressão aborrecida, depois de se deitar ao seu lado, como alguém que abandona uma tarefa vã. Ela agora abria as portas maiores, que davam para a rua, chamando o gato, que num salto silencioso havia se desprendido do telhado, vislumbrando algo, com o rabo inquieto. Diante do desânimo daquela que sempre lhe implorava, depois do primeiro abraço, para ficar a noite toda, o homem explodiu. Como ter a carne inflamada, neste momento, se todo ele não passava de um vasto grito de fome e medo? E agora falava, ofegante, precisando falar, falar até ficar rouco, depois de tanto tempo sem falar. Estrella voltou a fechar as portas. Aninhou-se do outro lado da cama, ouvindo com atemorizada atenção. De súbito, num acender de luzes terríveis, estabelecia-se para ela o implacável encadeamento dos fatos. As fotografias horríveis lhe haviam chegado através das páginas dos jornais, sem que ela tivesse visto, em sua estúpida covardia daquela vez, o princípio de tudo. Sua figura aparecia para ela, agora, pelas palavras do outro, no limiar dos tempos do medo, da solidão, da fome, na casa distante onde velavam uma anciã recolhida em seu caixão, morta com as entranhas à espera do que lhe fora roubado. Ao medir o abominável alcance do que fora dito para se livrar daqueles da inquisição, ouvia crescer a palavra que costumava aplicar a si mesma, em um desenfadado alarde de admitir a realidade, como se devolvida por um eco de poços profundos. Não se lembrava de quando havia se afeiçoado a se sentar nas pernas dos homens e farejar suas camisas cheirando a suor e tabaco, sabendo que o amanhã estaria seguro assim que dois braços rígidos se encontrassem sob sua cintura para cingi-la melhor. Falava de seu corpo na terceira pessoa, como se fosse, abaixo de suas clavículas, uma presença estranha e enérgica, dotada por si só dos poderes que lhe valiam a solicitude e a generosidade dos varões. Essa presença agia, de repente, como que por sortilégio, incentivando prolongadas assiduidades por pessoas de distintos âmbitos, onde a vida tinha outros ritmos e outras finalidades. Não conseguia explicar o que este estudava, o outro esperava, aquele ansiava. Ela era imobilidade e espera, lugar conhecido, entre tantos homens de lares ignorados que pareciam encarnar-se ao dobrar a esquina de sua rua, quando vinham, para depois se diluírem na cidade até sua próxima aparição. Sua cabeça desempenhava um papel secundário na vida surpreendente de uma carne que todos louvavam em termos semelhantes, identificados nos mesmos gestos e apetências, e que ela, do alto de seu próprio pedestal, proclamava como matéria jamais rendida, de posse real muito difícil, arrogando-se direitos de indiferença, de frigidez, de menosprezo — exigindo sempre, mesmo que fosse em silêncio, se a postura do visitante ou a intuição de suas artes lhe parecessem dignas de uma entrega egoísta que invertia as situações, fazendo com que o homem desempenhasse o papel da fêmea possuída de passagem. Seu corpo permanecia alheio à noção de pecado. Referia-se a Ele, desintegrando-O de si mesma, personificando-O ainda mais quando aludia ao lugar que O centrava, como poderia ter falado de um objeto muito valioso, guardado em outro cômodo da casa. "Peca-se com a cabeça" — ouvira dizer em um sermão, mal escutado depois de notar que algumas gotas de água benta faziam escorrer tintas pretas da renda de sua mantilha, presenteada como legítima. Mas sua cabeça pouco tinha para ser censurada, pois agia em função do único ofício que podia exercer com salário merecido, correta em suas relações, pontual em seus compromissos, generosa diante da necessidade alheia ou do desamparo de uma semelhante. As próprias vizinhas da frente, mulheres casadas pela Igreja, a consideravam mais senhora do que algumas ditas honestas, mencionando-a como exemplo em suas rodas de fofoca. Gabava-se de sua franqueza, qualificando-se, por isso, do que se definia com a mais justa palavra. Mas agora, ao saber daquele medo, daquela fome, daquela solidão em agonia, a palavra se inchava de abjeção. Já não eram quatro letras leves que chegavam à sua boca, depois de saber; era a Palavra ignóbil, carregada de purulências e lapidações; o insulto rodado, desde sempre, por masmorras, latrinas, hospícios e vomitórios. Um indício, dado para desviar uma ameaça sem maior gravidade — uma ameaça que, se cumprida, teria afetado mais seu conforto do que sua pessoa —, havia feito dela uma puta. Uma puta, não pelos atos de sua carne, mas por causa do comportamento desleal que as pessoas respeitáveis, as mulheres de um só homem, costumavam atribuir àquelas de tal condição. Dessa vez havia pecado com a cabeça, e eram tais os males desencadeados por seu pecado, com a cabeça, que a Palavra lhe era gritada por vozes do inferno, sobre a inocência do corpo estremecido de horror... Quando o outro, suado, ofegante, repetindo em um tom cada vez mais alto para melhor afirmar que era sincero, lhe falou de suas orações e súplicas, da portentosa novidade de Deus em sua vida, Estrella irrompeu em soluços. Era ele, agora, que a tomava em seus braços, deitando-a ao seu lado. Antes de apagar a luz, removeu o batom de seus lábios com um pedaço de papel de seda.

Estrella, agora, não voltou a pintar os lábios. Com um lencinho embebido em álcool, limpava o rosto, de costas para ele. Sem adornos, seus olhos se aprofundavam na pele opaca, um pouco terrosa, daquelas cultivadas na fumaça do carvão de lenha, sob um cabelo grosso, fincado de pentes. Tirou do armário seu vestido preto, reservado para visitar as estações da Semana Santa, e os sapatos tingidos de preto, que ela guardava para situações de condolências e velórios. Roendo um pedaço de pão mergulhado no molho frio de uma panela — todas as sobras haviam sido jogadas para o cachorro —, o homem sentia uma calma inesperada, depois de tê-la possuído. "Mais do que comida, era o que me fazia falta" — pensava. E voltava a lhe descrever a casa, insistindo nos detalhes. A mulher não conhecia aquele bairro distante, pelo qual só passara uma vez, ao vir do Jardim

Zoológico, onde se espantara com alguns animais muito incomuns. Além disso, tudo o que estava localizado fora de sua área paroquial era tão estranho para ela quanto o que estava na outra margem da baía ou além das antigas fortalezas. Falava de bairros chamados Orfila, o Nazareno, Palatino, como se fossem cidades remotas em cujas ruas um homem pudesse andar perdido, sem rumo, por dias. Seus caminhos conhecidos se estendiam de igreja em igreja, quando percorria as estações da Semana Santa. Ela era "visitada"; não visitava quase ninguém. Por essa razão, era necessário fixar a imagem em sua mente; das quatro esquinas, era aquela com o jardim e grades altas. Dois andares, os portais com toldos verdes e cadeiras de balanço para crianças. Havia estátuas pintadas de branco nos canteiros de gladíolos e margaridas. Da rua, ela veria: uma mulher, envolta em um véu, com uma maçã na mão ("Eva?" — ela perguntou); a outra, com uma lança e um capacete, como um militar. (Antigamente, as mulheres lutavam como os homens: seu avô lhe contara.) E dois leões, um de cada lado da entrada, com uma argola preta na boca. (Como os do monumento que ficava à beira-mar: o da águia sobre colunas.) Não se chamava por uma aldraba (como aqui), mas puxando uma correntinha que pendia ao lado da porta, à direita. Também não se insistia muito (como aqui), mas esperava-se um pouco a cada vez.

(Será que ele achava que ela era tão ignorante das boas maneiras?) Tinha de entregar a carta ao Alto Personagem. E exigir uma resposta sem evasivas. Mostrar-se muito consciente da Gestão, para comprometê-lo mais: tom cortês, mas firme, de mulher disposta a esperar a noite toda, se necessário. Em caso de impaciência do outro, adotar o tom ambíguo, irônico, perturbador, de quem muito sabe. Se encontrasse resistência em ser recebida; se o mordomo de uniforme branco fosse e voltasse, convidando-a a retornar amanhã, mencionar "uma desgraça", sem se alongar: as más notícias abrem portas. Se o Alto Personagem tivesse saído, tentar ficar na saleta de estilo espanhol. (Teria entendido aquilo do baú entalhado e das duas armaduras de manoplas em repouso sobre as empunhaduras dos espadões?) E, se não a deixassem permanecer ali, esperar do lado de fora, junto ao portão. Debaixo do álamo havia um banco bem conhecido pelos solicitantes. Das quatro esquinas, era aquela com jardim e grades altas... Quando Estrella se virou para ele, de rosto limpo, enlutada, sem outro adorno além de uma medalha religiosa pendurada em uma correntinha, ele teve vontade de rir ao vê-la, de repente, tão parecida com qualquer aluna da Academia de Corte e Costura. "Você parece uma senhora" — ele disse, entregando-lhe a cédula nova que guardava na fivela do cinto. E, olhando através das persianas, viu que chamava um carro de aluguel. Eram oito horas. Aquela gente comia tarde. Ao ficar sozinho na casa, sentiu-se seguro, abrigado, dono da noite, cujas horas o aproximavam do fim da angústia. Vestiu-se lentamente, dando palmadas no terno, para tentar devolver-lhe alguma linha. Sobre o pátio se adensavam as nuvens, tingidas de vermelho-púrpura pelas luzes da cidade. Mais além, atrás da romãzeira, ficava a sala de jantar do armário vazio, com sua toalha de linóleo quadriculada, e, nas paredes, os pratos ornamentados de gôndolas e castelos, gatos que brincavam com novelos de lã, baías de Nápoles e ferraduras sobre rosas. Tomou a bebida que restava na garrafa, repetindo para si o texto da carta que, por falta de papel melhor, escrevera em uma daquelas folhas com pauta azul que são vendidas soltas, com dois envelopes, caso se erre o endereço no primeiro. Ele queria fazer algo para pôr as circunstâncias a seu favor, orando para que o destinatário estivesse em casa, a emissária fosse recebida na hora e voltasse com alguma notícia libertadora. Pegou o livrinho da Cruz de Calatrava, levado no bolso como objeto de bom presságio, e ajoelhou-se diante do são José adornado com rosários, tenuamente iluminado por uma lamparina, que estava no último quarto, recitando em voz baixa a oração do Mediador entre Deus e os miseráveis pecadores: "Poderosíssimo patrono e advogado nosso, a quem Deus, como a Moisés, escolheu não para guardar uma arca material, e sim para custodiar a verdadeira Arca do Testamento, Maria, em cujo ventre puríssimo o supremo legislador Jesus Cristo tomou carne humana...". Ao terminar, ficou em dúvida se havia contado nove ou dez orações, e se impôs mais onze recitações. Contudo, como alguém chamara à porta — um cliente de Estrella, sem dúvida —, ele apagou todas as luzes e ficou agachado na escuridão, atento aos ruídos da rua, onde o trânsito de carga para o Mercado ia se tornando mais intenso. Dormiu um pouco;

ou talvez não; mas aquela esquadria que sua mão procurava não podia deixar de vir de um sono muito breve, com o corpo mal arrimado à parede. Tal esquadria não existia. Passaram vários caminhões. E, depois de uma longa espera, quando sua confiança ia se obnubilando de impaciência, as vozes de uma discussão áspera, na frente da casa, o levantaram em um sobressalto. Estrella tentava acalmar um homem que a interpelava aos gritos, zombeteiramente, para se fazer ouvir pelos transeuntes a quem tomava como testemunhas. A campainha tocou e a mulher entrou correndo, brandindo a cédula nova que ele lhe dera para pagar o carro. "O motorista diz que é falsa. Eu não tenho..." Agora a aldraba golpeava a porta, encontrando ecos poderosos nos cômodos dos fundos. "Ele diz que as cédulas que trazem o General com os olhos sonolentos são falsas. Eu não tenho nenhuma. Hoje paguei o aluguel." O acossado pegou a nota e começou a examiná-la, estupefato, esticando-a contra a luz, virando-a, olhando de novo e de novo, enquanto o homem lá fora continuava com seus gritos e troças. "Eu nunca faço escândalo" — Estrella gemia. "Sou uma pessoa que preza pela ordem." Um policial se aproximava a passos lentos da porta, que continuava a trovejar com batidas. "Vá embora: eu vou resolver isso" — disse a mulher, apontando para o último quarto, onde, ao lado do são José dos rosários, uma janela dava para um solar ermo. Enquanto ele regressava às sombras, a porta voltou a se abrir e se ouviu um confuso colóquio. O motorista, apaziguado, aceitara o acordo e pedia desculpas, agora, por ter feito aquele tremendo alvoroço, contando causos sobre dinheiro falso, passado adiante à noite, para enganar melhor. Depois, vieram sussurros e risadas. E, de repente, a voz de Estrella, num tom exageradamente alto, para ser ouvida mesmo para além do pátio: "Estou dizendo, meu amor, que estamos sozinhos em casa; se quiser, dê uma olhada". Fustigado pela advertência, o acossado passou uma perna sobre o batente da janela e pulou na escuridão. Caiu, deslizando, sobre uma pilha de papéis molhados, misturados com frutas podres, penas, ostras — dejetos do mercado nos quais amanhã, depois dos cães, os urubus remexeriam. E tal era seu cansaço, de repente, que ele permaneceu ali por um tempo, imóvel entre cascas frias e escamas, sem conseguir andar. Caindo de cima, a brasa de uma bituca de cigarro jogada pelo homem queimou sua mão. Era de um material incomum, papel de milho do interior, do qual muito poucos ainda fumavam. Tirado de sua inércia pela dor, ele se pôs de pé, inseguro do rumo a tomar. Procurou seus óculos escuros; tinham ficado sobre uma mesa de vime trançada perto da cama de Estrella — recordou. Os faróis de um carro que dobrava a esquina projetaram sua sombra ao longo da parede.

Agora ele se esforçava para tirar as manchas de seu terno azul no antigo chafariz — cocho de cavalos e mulas, no tempo das carroças, que desciam para a cidade no início da noite ao ritmo de um cabeceio de guizos cansado. À falta de estopa, esfregava o tecido com um punhado de palha mergulhada na água ainda morna do sol. Mas lhe pareceu, naquele momento, que uns carregadores o observavam demais. Embora ele não tivesse nada a temer vindo de tais pessoas, afastou-se por uma rua suja, com talos de couve caídos no córrego e frutas pisoteadas sobre as grades de esgoto. O caminho até a Casa da Gestão, mesmo evitando todos os desvios, era longo. Pensava nisso em termos de árvores, pela necessidade de sombras; e de morros, pelo desalento diante das ladeiras, como se fosse um trajeto interminável no descampado. Por pouco não bateu na porta de Estrella, para fazê-la aparecer; mas se lembrou de que, quando ela estava com alguém, apagava todas as luzes da frente e não atendia aos chamados, sabendo que alguns, dispostos a voltar mais tarde se acreditassem que ela estava em diligências de bairro, tinham escrúpulos em se deitar em lençóis ainda quentes de outro. Além disso, era improvável que a mulher tivesse despachado com tanta rapidez o homem do carro, que talvez tivesse decidido abusar do que havia recebido como pagamento, permanecendo, quem sabe, até depois da meia-noite. Era necessário, portanto, chegar "lá" o quanto antes e saber, saber por fim, sem demora, adiamentos ou evasivas, se na manhã seguinte terminaria a noite que já durava tanto tempo. Bem pouco pedia ele: um visto, algum dinheiro, e gente — isso: gente! — que o rodeasse no último momento. Aquele com quem falaria agora era Homem do Palácio. Ele o livrara de um adversário temível com um livro enviado pelo correio que explodiu ao ser aberto. Tinha sido necessário obter um volume grosso, fortemente encadernado, em cujo papel fosse possível cavar uma espécie de fossa — *Antologia de oradores: De Demóstenes a Castelar*, em edição madrilenha, do início do século, com capa de couro. A máquina infernal fora instalada bem entre Cícero e Gambetta. Desde então, o preparador do volume fora pego com os outros, mas não denunciou — ou "cantou", como eles diziam. Só ele — sobrevivente que andava entre as cortinas de ferro de uma sinuosa rua de lojas fechadas — conhecia o segredo do envio. Como garantia, mantinha escondida a nota do pacote certificado, remetido sob nome falso. Recordando-lhe se fosse necessário, ameaçando enviar sua cópia aos jornais, com ampla nota explicativa, forçaria o Homem do Palácio a agir sem mais delongas. "Não saia de onde está e espere" — ordenaram-lhe. Mas a espera já fora cumprida em demasia, e uma morte, vinda ao seu encontro, acabara de tirá-lo do Mirante. Ele pensou, naquele momento, que alguns males vinham para o bem. A morte da velha havia sido, talvez, o último ato de bondade que ele devia àquela que o nutrira, por um tempo, com o leite de seus seios... Apertou o passo, munido de uma renovação de coragem, pensando que tinha sido tolice despachar Estrella para pedir o que ele, melhor do que ninguém, tinha o direito de pedir. Desembocou na ampla avenida de fileira dupla de árvores, velada pela estátua do Rei Espanhol, com peruca da ordem do tosão de ouro e traje de veludo feitos de mármore, entre colunas de grande época que, ao lado das colunas dos portais vizinhos, manchadas de laranja e azul, pareciam marcas solitárias de um triunfo antigo, em meio aos girassóis e a exemplares de uma arquitetura reposteira e quadrarona. Passou em frente à altíssima flecha gótica cujos arcobotantes se abriam sobre uma loja de caracóis e amuletos para ritos negros, e, atravessando o portal da Grande Loja, esquivou-se das foices do Partido, cuja Central permanecia iluminada para alguma reunião de célula. Apressando o passo, recordou que também renunciara a isso, pouco depois de chegar de Sancti-Spíritus, e procurou uma desculpa útil no gesto de se persignar diante da Virgem de um saguão. Mais à frente estavam as grades severas do Jardim Botânico, com seus canteiros empavesados de termos latinos, sob árvores enfermas de orquídeas; suas vitórias-régias abertas sobre águas adormecidas, entre malangas gigantes, sarapintadas de luzes frias pelos postes de iluminação. Ao fundo, recortada em preto sobre nuvens avermelhadas, erguia-se a prisão sobre sua colina de ladeiras íngremes, cravada em contraforte de velha fortaleza espanhola, semelhante às quais, nessas ilhas, edificara — a pedido do Campeão do Catolicismo — um arquiteto militar italiano que com muito engenho ocultava masmorras, corredores e celas secretas nas entranhas da pedra. O fugitivo estremeceu quando se lembrou de que fora ali — perto da quarta torre de vigia, junto à bombardeira dos gritos — que, não muito tempo atrás, sua carne mais insubstituível se encolhera atrozmente diante da ameaça de tormento. Como as árvores se adensavam, procurou suas sombras para se livrar da abominável lembrança. Deteve-se, sem fôlego, no sopé da colina da Universidade, em cujas luzes bramavam os alto-falantes. A iluminação, inusitada àquela hora, lembrou-lhe as representações dramáticas dadas pelos da Literatura, que eram oferecidas, de tempos em tempos, no Pátio das Colunas. Centenas de espectadores assistiam, sem dúvida, a alguma tragédia interpretada por estudantes vestidos de Mensageiros, Guardas e Heróis. O acossado mediu, naquele instante, quão curto tinha sido o trânsito entre aquele edifício de altos peristilos, com o HOC ERAT IN VOTIS que podia ser lido à distância, sob alegorias do Saber, e a fortaleza expiatória, tenebrosa, onde ele vomitara de forma abjeta — "cantar", chamavam a isso — o que ele aprendera de homens encontrados, mal encontrados, nos corredores das Faculdades. Os alto-falantes bramaram em alterado diapasão de Atridas, e o coro bramou uma estrofe que deteve o fugitivo à beira de uma encosta erma, eriçada de espinhos: "As imprecações se cumprem; vivos estão os mortos deitados sob a terra; as vítimas de ontem tomam em represália o sangue de seus assassinos...". A brisa, girando, levara as palavras. O homem sentou-se na beira da calçada, sob a cobertura de um álamo copado que arrojava sementes pretas no cimento levantado por suas raízes. Tudo havia sido justo, heroico, sublime, no início: as casas que estalavam na noite; os Dignitários crivados de balas nas avenidas; os automóveis que desapareciam, como sorvidos pela terra; os explosivos que eram guardados em casa, entre roupas perfumadas com ramos de manjericão — junto aos impressos trazidos em cestos de padaria ou em caixas de cerveja cujas garrafas tinham sido reduzidas ao gargalo. Eram os tempos da sentença pronunciada à distância, da coragem sem alarde, do jogo da vida e da morte. Eram os tempos das execuções deslumbrantes, cumpridas por um emissário de sorriso implacável, reveladas quando se abria um livro ou se recebia um presente de Páscoa envolto em papéis ornamentados com viscos e sinos. Eram os tempos do Tribunal...

(... Embora eu tenha tentado encobrir, silenciar, eu o tenho presente, sempre presente; depois de meses de um esquecimento que não foi esquecimento — quando me pegava outra vez dentro daquela tarde, sacudia a cabeça com violência, para embaralhar as imagens, como uma criança que vê ideias sujas se enredarem no corpo de seus pais —; depois de muitos dias transcorridos, ainda permanece o cheiro de água podre sob os nardos esquecidos em seus vasos de cornalina; as luzinhas acesas pelo poente, que fecham as arcadas daquela longa, demasiado longa, galeria de persianas; o calor do telhado, o espelho veneziano com seus chanfros profundos, e o barulho de uma caixa de música que cai do alto, quando a brisa faz com que os pingentes de cristal que revestem a lâmpada se choquem, soprados pelas franjas do mistral. O monge do higroscópio suíço está orando em seu genuflexório, com o capuz meio posto, pois caíram algumas gotas de chuva enquanto entrávamos. Todos sabemos o que vai ser dito aqui; todos sabemos que serão usadas as armas, já carregadas, que estão atrás do biombo. E, no entanto, isso é considerado necessário, para poder terminar de uma vez com mãos mais firmes. São os tempos do Tribunal. Ouço o gorjeio dos pássaros em sua gaiola com barras douradas, que tem zimbórios de filigrana e portas de vidro, e vejo as tartarugas que bocejam lentamente, tirando a cabeça para fora da lagoa de águas turvas. Tudo assume enorme importância, naquele instante de tempo suspenso — ainda suspenso, como se tudo o que tivesse ocorrido depois lhe fosse anterior. Entram e sentam-se atrás da mesa os do Direito, que oficiarão como juízes, e o acusado entra fumando um charuto cujas cinzas ele tenta conservar o máximo possível, alardeando uma calma que não combina com sua palidez e o não saber o que fazer com as pernas. O Promotor, que pôs uma gravata escura quando todos esperam em mangas de camisa, fala agora do atentado ao Chanceler: seus itinerários haviam sido estudados, o local de execução fora escolhido, e tinham sido dispostos em seus lugares os homens, com jornais abertos ou fechados, que apontariam o caminho mais favorável para a fuga; os transformadores de carroceria, com seus maçaricos, seus aerógrafos, suas pinturas a éter, devolveriam um carro desconhecido, naquela mesma noite. Foi então que os imaginativos propuseram a galeria subterrânea. E tanto era o desejo de acabar de uma vez por todas — de fazer o homem voar com todos os seus Dignitários — que começou a ser cavado um túnel, partindo das encostas do rio em direção ao panteão de família, cujo anjo branco, com asas bem abertas, tinha as mãos unidas em oração. Sob a última abóbada vazia, colocaríamos as cargas destinadas a ser percutidas quando alguém pronunciasse o panegírico. Trabalhávamos à noite, afundando-nos um pouco mais, a cada vez, no solo argiloso, fétido de esgoto. Quando soubemos, pelos envasamentos atacados a picaretas, que já estávamos debaixo dos muros do cemitério, o fedor era tão atroz que alguns escavadores desmaiavam, e os da Medicina tinham de reanimá-los com beberagens preparadas pelos da Farmácia. O terrível revezamento continuava até o amanhecer, quando os primeiros galos dos pescadores terminavam com aquele ofício de trevas, que lentamente alongava seu caminho, sob cruzes e capelas, em direção ao anjo branco tomado pelo norte... "Defenda-se!" — grito eu, quando o Promotor aponta para o Delator, cujas palavras haviam malogrado aquela obra magna, custando-nos várias vidas. "Defenda-se!" — gritam todos, invocando a razão ignorada, a coerção intolerável, a surpresa impossível que as armas poderiam ter deixado na cama do quarto de biombos — as pás inertes, ao pé do tronco mais grosso. Mas o agoniado encolhe os ombros, e suas costas vencidas de antemão voltam a aceitar o que tanto sabíamos... A palavra "morte" é pronunciada. E depois do que foi dito, do verbo que é termo, da palavra que é desabamento de criação, o silêncio se estende. Silêncio já no "depois". No que deixou de ser; intuição e movimento que já sabem do ferro arrojado à roda mestra, da terra que cairá sobre a imobilidade ainda quente do detento. O corpo presente — presente já ausente — tira o relógio do pulso, sem pressa, porque já se sabe fora do tempo; dá corda nele, por hábito conservado pelo polegar e pelo indicador da mão direita; deixa-o sobre a mesa, legando-o a outro, e olha, pela última vez, para os ponteiros de uma hora que não terminará para ele. É o corpo que me maravilhava nos chuveiros do Estado, quando tornava a ser aclamado, suado, sujo de mataduras, com cheiro de besta, e caíam as felpas que envolviam a pelagem de suas costas. Eu queria, para meu próprio corpo, aqueles dorsais que tão suavemente se moviam sobre seus ossos; aquele ventre que se recolhia entre os quadris, até se apertar em negruras; aquelas pernas alongadas pelo salto, que corriam em direção à água, sob um peito que acabara de liberar um excedente de energia, cantando e gritando. E eram palavras horrendas enquanto ensaboava a cabeça, proclamando que ainda desejava mulheres, música, bebida. Os intelectuais de minha província podiam escrever-me — assíduos interlocutores da alfaiataria, contempladores da fonte em cuja sombra Heredia meditara — que os músculos eram néscios e o espírito, grande. Eu invejava aquela carne cingida ao seu contorno mais viril, que vivia entre nós, inalterada por seus próprios excessos, levitada pela garrocha, voando sobre os obstáculos, lançando javalinas de guerreiro antigo. Agora, umas costas miseráveis se arredondavam ali, na frente dos Juízes, como contando suas últimas pulsações. E é preciso levantar a mão e sentenciar. São duas, cinco, não sei quantas mãos. A minha permanece inerte, pendente, buscando um pretexto para não se levantar no lombo de um cão que balança o rabo aos pés de minha cadeira. "Defenda-se!" — ainda digo, com voz tão baixa que ninguém a ouve. E é, em meio à espera de todos, meu cotovelo que finalmente se move, elevando dedos covardes ao nível de muitos outros. Todos abraçam o sentenciado, sem olhar para o seu rosto. Os executores recolhem suas armas. E, logo depois, há uma descarga ao pé da árvore de tronco mais grosso. Eu me espanto agora, diante do que jaz, com o quão simples é cercear uma existência. Tudo parece natural: o que se movia deixou de se mover; a voz emudeceu na golfada de sangue que já reveste, como um esmalte compacto, o queixo sem barbear; tudo o que se pôde sentir foi sentido, e a imobilidade apenas quebrou um ciclo de reiterações. "Era necessário" — dizem todos, com a consciência em diálogo, amparando-se na História. E se dispersam na noite, não tendo mais de se esconder, de desconfiar das sombras, pois os tempos mudaram, repetindo com um tom cada vez mais alto que "aquilo" era necessário para entrar com maior pureza nos tempos que mudaram. E o diapasão sobe, quanto mais longe se encontram do cadáver... Os pássaros dormem sob seus zimbórios de filigrana; as tartarugas ainda não se movem, tirando a cabeça para fora da lagoa turva. O frade do higroscópio suíço baixou o capuz — lembro-me —, pois caíram algumas gotas de chuva, logo sorvidas pelas telhas ressecadas. Na árvore de tronco mais grosso se detêm as moscas, procurando os chumbos que transpassaram. Em um de seus galhos, com secos grasnidos de ave noturna, um sapo canta. Eram, aqueles, os tempos do Tribunal...)

... Os tempos do Tribunal, pois fazia dois, três anos, então, que aquela exasperação desatara o terrível à luz do sol, estabelecendo e derrubando, em um desencadeamento de fúrias expiatórias que se voltavam, implacáveis, contra os fracos e os delatores. Mas, depois do necessário, do justo, do heroico; depois dos tempos do Tribunal, foram os tempos do butim. Livres de represálias, os descontentes se deram à exploração do risco, por gangues, grupos armados, que traficavam com a violência, propondo tarefas e exigindo recompensa, para voltar a desencadear as fúrias à luz do sol, em benefício deste ou daquele. A própria polícia fugia desses Temíveis, a soldo de protetores poderosos, para quem os muros das prisões sempre tinham fissuras. Ainda se afirmava que isso era justo e necessário; mas quando aquele que fora arrojado do Mirante, o sentenciado de agora, regressava de uma tarefa, tinha de beber até desmaiar, para continuar acreditando que o que havia sido feito era justo e necessário. Estabelecera-se um preço para o sangue derramado, mesmo que esse preço fosse fixado em termos de revolução. E lembrando-se do uso feito, naqueles dias, do vocábulo encobridor, o homem sentado na calçada crispou a mão que teria pedido uma morte. Miseráveis estavam agora suas costas arredondadas à sombra dos álamos, temerosas de ver os olhos dos carrascos se iluminarem à noite... (Carregadas estão as armas em algum lugar, como as que descansavam naquela cama, atrás do biombo, acoplados os gatilhos, as culatras, os canos, com as balas postas antes que a sentença fosse pronunciada. "Defenda-se" — disse. Mas disse sem querer que minha voz fosse ouvida. Disse a mim mesmo; para poder me dizer que tinha dito. Chego a me perguntar agora se eu disse, ou se ressoou em mim o eco do que os outros disseram. E aquele trajeto, esquivando seu olhar, em direção ao tronco mais grosso que trocava de casca — lembro-me disso —, como este que agora põe em minhas unhas um cheiro de amêndoas amargas. Em um de seus galhos um sapo cantou, como naquela tarde; como naquela tarde, quando me julguei autorizado a sentar-me à direita do Senhor...) Estava enojado, nauseado de tudo o que tinha vivido desde então; ansioso para rastejar aos pés de um confessionário e clamar que nada havia sido necessário; para vomitar tais culpas que lhe impuseram penas excepcionais, as mais terríveis que a Igreja teria instituído, comprazendo-se com a ideia de que tais penas existiam para aqueles que pudessem despejar abominações semelhantes às suas. Atirou-se de bruços entre as raízes do álamo — tão bruscamente que seus dentes, ao topar com algo, puseram-lhe na boca o gosto de seu sangue —, ao ver que dois homens desciam devagar a calçada íngreme, em direção ao local onde as sombras o resguardavam. "Um bêbado" — disse o mais velho, inclinando-se um pouco. "Pode ter morrido de um ataque" — disse aquele que não queria olhar. "Vão recolhê-lo amanhã." Os dois transeuntes se afastaram em direção à avenida. Para eles, também, a morte era algo fácil. Um cadáver, rígido, torna-se uma coisa que precisa ser levada ou trazida; algo incômodo, pois pesa muito e mal se deixa carregar, embora não possa ser deixado assim, na rua, por uma questão de "forma". Tem molde de humano e evoca, por seu contorno, um certo percurso que deve ser encerrado embaixo das raízes, e não em cima. "Vão recolhê-lo amanhã" — repetiu o mais velho, já distante, como para se eximir do dever de avisar. O fugitivo se levantou, sacudindo as formigas-lava-pés que corriam por dentro de suas mangas. As picadas o estimularam a andar. Ele parou, pouco depois, para se certificar se aqueles passos, que soavam na outra calçada, eram dele. A brisa, passada de sul para norte, voltava a trazer o bramido dos alto-falantes, com seus coros de mulheres, nos quais se destacava, pelo agudo do timbre, a voz de uma estudante de Farmácia que lhe era conhecida: "Voltai logo ao vestíbulo para terminar o segundo assunto, como haveis feito com o primeiro". E um homem respondia: "Não temas, saberemos como terminar a tarefa". "Mas logo: pelo caminho que quiseres!" — gritava, com urgência, alguma Electra. A voz tinha razão. Era necessário apressar-se e chegar lá o mais rápido possível, por qualquer caminho. Tampouco havia um mau presságio no "saberemos terminar a tarefa" da outra voz... À sua frente se abria, até o mar cerrado por nuvens palpitantes de relâmpagos distantes, a avenida em declive, onde vários Presidentes, com grossas levitas de bronze, erguiam-se em pedestais de granito, estatuados em talha heroica sobre os vendedores de sorvete e coisas frias, que sacudiam suas sinetas de viático. Aqui era preciso caminhar ao longo das casas, pois as palmeiras, de copas mais altas do que as mais altas luzes, não faziam sombra. O fugitivo alcançou a rua escura do triste café, com suas colunas de madeira verde que imitavam um toscano esquálido, e em grandes trancos chegou à esquina onde a Casa da Gestão, sem paredes, fora reduzida a pilares ainda de pé sobre um piso de mármore coberto de pedras, vigas, estuques, desprendidos dos tetos. Já haviam tirado as grades e os leões que mordiam argolas. Um caminho de carrinhos de mão, apontado para o alto, atravessava o grande salão, para desembocar em um quarto de serviço, em que várias pás se cruzavam sobre uma pilha de restos informes. Junto à cerca de rabiscos andaluzes, a Pomona do jardim estava estendida, com pedestal e base, entre as gramíneas salpicadas de rebocos de uma platibanda. Um cachorro dormia sob o aviso pintado com pinceladas grossas em uma tábua rota:

DOA-SE ENTULHO

Restava uma parede do último quarto; um carrinho de mão virado para baixo ocupava o lugar da papeleira marchetada cujos entalhes o tinham divertido tanto daquela vez, por seus motivos de fantoches manteados e de pícaros saltando touros à vara. Era difícil, além disso, reconstruir mentalmente a mobília daquele escritório, cuja mesa era adornada com um tinteiro sem tinta, com águias de bronze e mata-borrões dispostos em couros trabalhados em alto-relevo. Mas estar sentado ali, naquele canto que não era iluminado pela luz de um poste próximo, bastava para que o momento da fissura se tornasse muito presente para ele. Até aquele momento, tudo tinha sido arrojo, esquecimento de si mesmo, fúria sagrada, nos terríveis trabalhos do esquadrão. Haviam-no ensinado a falsificar placas de trânsito, a andar com dinamite, a recortar os canos dos fuzis e depois carregá-los com duas partes de chumbo fino e uma do grosso; sabia de chaves e criptografia, subtraindo do alfabeto a palavra HIPOTENUSA — escolhida por não ter letras repetidas —, para dispor novamente os caracteres em fileiras desordenadas, que correspondiam, assim, a uma ordem secreta; decifrava a linguagem dos jornais abertos ou fechados. Haviam afundado a picareta na greda fedendo a esgoto, amassada com podridão de ataúdes, daquela galeria que devia chegar à abóbada do Chanceler — abaixo do cemitério dos indigentes — para fazer voar em seus funerais todos os abomináveis. "Bem morto, o cão" — costumava dizer naqueles tempos, com amargura, à passagem de certos enterros apressados, cujos enlutados caminhavam com medo por entre as sepulturas, olhando, desconfiados, para o tronco dos ciprestes. "Bem morto, o cão" — repetia, diante dos necrológios orlados de preto, dos jornais, cujos requiescat in pace lhe pareciam indulgentes demais... E um dia lhe coube atirar, por sua vez; estava na larga avenida dos Presidentes de Bronze. O escolhido parecia feliz no frescor da manhã, fazendo-se levar pelo caminho do porto para apreciar a brisa: seus dedos tamborilavam uma melodia no metal da portinhola verde. Um rubi enfeitava seu anular. Os perseguidores se aproximavam na velocidade certa, levantando as armas do chão do carro, sem que os canos se entrechocassem. "Tire a trava" — advertiu-o o da direita, sabendo que ele era iniciante na tarefa. A nuca, pouco depois, aproximou-se tanto que as marcas deixadas nela pela acne poderiam ter sido contadas. Depois foi um perfil;

um rosto atemorizado, dois olhos suplicantes, um grito e uma descarga. O carro crivado de balas se lançava com um estrondo de sucata sobre uma das proas das galés que flanqueavam o monumento aos Heróis Marítimos, enquanto os perseguidores fugiam por uma avenida transversal. "Bem morto, o cão." Mas naquela noite, no entanto, sentira necessidade de beber até o aturdimento e cair grogue na cama de Estrella, para esquecer a nuca marcada de acne que estivera ali, no cabo de sua arma — quase ao alcance de sua mão. Pouco depois, ao saber de alguém repentinamente favorecido por aquela morte, ele havia sido assaltado por dúvidas, logo silenciadas por aqueles ao seu redor que manuseavam com habilidade as Palavras que justificavam tudo. "A revolução" — eles diziam — "ainda não acabou." E, de degrau em degrau, arrastado por mãos cada vez mais ativas, foi passando à burocracia do horror. O furor primário, o juramento de vingar os caídos, o HOC ERAT IN VOTIS pensado diante dos cadáveres dos condenados tornaram-se um ofício de rápidos proveitos e altos amparos. E, certa manhã, sentado diante da papeleira marchetada ao estilo goyesco, ele havia aceitado um salário para dirigir a preparação de uma certa *Antologia de oradores* e enviá-la pelo correio. Quando o prenderam, no dia seguinte, perto do café do Mercado aonde ia sempre que saía da casa de Estrella, compreendeu que a polícia atuava por mera suspeita, sem indicação precisa, uma vez que o recibo de registro estava bem escondido, e o Preparador tinha fugido da cidade, ao saber que o livro havia explodido nas mãos de seu destinatário. Quanto ao Alto Personagem, ele era o mais interessado em calar... Lembrava-se da passagem pela ponte levadiça da fortaleza; as gateiras escurecidas, das quais ainda pendiam correntes enferrujadas; o caminho através de corredores e celas nos quais a luz nunca era apagada, para evitar que os homens deitados em catres de lona e tubos se ajuntassem no chão, como bestas. E depois de dois dias de oblívio, sem alimento — sem álcool, depois de tanto beber durante meses —, tinha sido a luz em seu rosto, e as mãos que empunhavam vergalhos, e as vozes que falavam de alcançar as raízes dos molares com uma broca de dentista, e as outras vozes que falavam de golpeá-lo nos testículos. A ideia do atentado ao seu sexo tornou-se intolerável, fora de qualquer direito, de qualquer poder. Ele havia matado, mas não havia castrado. E agora eles iriam mutilá-lo de si mesmo; iam secá-lo em vida, privando-o do eixo onde o corpo depositara sua heráldica, seus mais íntimos orgulhos, alardeando a infalibilidade de uma força devida a si. Dentro de poucos minutos ele seria posto na estrada da velhice, privado de futuras palpitações, de posses inumeráveis, morto para outras carnes. Sua realidade se quebrava, se desgarrava, sob as lâmpadas acesas em seu rosto, como as de uma sala de cirurgia, ao som de vozes cada vez mais próximas — espantosamente aumentadas pela ressonância daquela galeria de baixo adarve — que falavam de feri-lo em sua louçania, de emasculá-lo, de malográ-lo, de evitá-lo. As mãos que se aproximavam de seu ricto e o suor de seus membros exasperavam a apreensão de uma dor que o teria machucado menos em outra região de seu ser. Agora viria o desabamento de tudo; uma morte anterior à morte, que ele teria de suportar ao longo de intermináveis dias sem abraços, carregando o peso de seu próprio cadáver. A primeira mordida de uma pinça lhe arrancou um grito de besta, tão longo e desolado que os outros, tratando-o como um covarde, o silenciaram com uma bofetada. Quando voltou a sentir o metal em sua pele retraída, clamou pela mãe, com um vagido rouco que se transformou em estertor e soluço no mais profundo da garganta. E, com os olhos fixos nas luzes que lhe preenchiam as pupilas de círculos incandescentes, cobrindo o sexo com as mãos, com um gesto de recuperá-lo, de atraí-lo para si, de reintegrá-lo à sua carne, começou a falar. Disse o que queriam; explicou a perpetração de atentados recentes e, para diminuir sua própria culpa, fazendo-se de acólito, de comparsa, pronunciou os nomes daqueles que, àquelas horas, dormiam nos divãs de certa vila de subúrbio, ou bebiam e cortavam as cartas na longa mesa da sala de jantar, com as armas pendendo do espaldar das cadeiras. Satisfeitos com tantas informações e revelações, os interrogadores aceitaram que ele não sabia nada sobre a preparação e o envio do livro, causador de duas mortes, atribuindo o trabalho à atividade coletiva da equipe. E quando o homem nu, agarrando seu sexo, afirmou que não sabia mais nada, eles o devolveram à sua cela, com um cigarro como recompensa por sua delação. E voltou ao confinamento, com os passos no corredor e o medo atroz de que tudo começasse outra vez. Ao amanhecer, em bilhete enviado ao Diretor, pediu que o Homem do Palácio fosse informado de sua prisão. Meia hora depois foi libertado, por ordem de um Secretário do Gabinete... Atravessou a ponte levadiça e desceu lentamente pela colina da fortaleza, surpreso com sua emoção ao ver o despertar das ruas, depois do trânsito pelo inferno. Foi como o início de uma convalescença, um regresso ao terreno dos homens. Não tinha nem mesmo fome; nem vontade de se aproximar dos grandes balcões de mogno, onde os bebedores matinais derramavam as primeiras gotas de álcool, antes de prová-lo, em oferenda às almas. Os álamos, sob uma luz suavemente enevoada, gorjeavam por todas as penas. A flecha da igreja do Sagrado Coração, de uma brancura esfumada, opalescente, elevava sua Virgem de mármore acima do zimbório aldeão de San Nicolás, onde, naquela hora, ouviam missa as anciãs negras, de muitos cabelos grisalhos e muitos rosários, que cumpriam promessas ao Nazareno vestindo o saial violado arrematado por um cíngulo amarelo. E brilhavam, ao sol da manhã, as cúpulas de mosaico encarnado, as cruzes douradas, os campanários acobreados, do Carmo, de São Francisco, das Mercês, no despertar dos terraços orlados de balaústres, onde as lavadeiras estendiam suas roupas sobre um fundo de mar tão envolvente e alto que os barcos de pesca pareciam navegar por cima dos telhados. O libertado foi para o seu alojamento, apreciando o frescor dos portais, o cheiro das frutas postas em balanças, da fumaça dos torrefadores de café — descobrindo, como quem regressa do hospital, a oleosidade da manteiga, o crocante do pão inteiro, o manso esplendor do mel. Dormiu até o meio-dia, quando foi acordado pelos pregoeiros de uma edição especial. Os jornais mostravam cadáveres jazendo em uma calçada que era bem conhecida por ele, charcos de sangue entre móveis derrubados, agonizantes em mesas de operação, e umas janelas — a da cozinha e a da despensa — por onde alguns poucos haviam fugido, atirando-se em um barranco. Naquela mesma tarde, quando estava a caminho da casa do Alto Personagem — uma casa que agora só tinha paredes de ar —, ele encontrou a tempo o abrigo de uma coluna para se livrar de uma saraivada de balas, disparadas de um carro preto, com uma placa escondida por um emaranhado de serpentinas — porque era época de Carnaval.

 O cão acordou e, olhando para as sombras de cima, ladrou sem sanha, monótono, com um latido após o outro, interrompidos por pausas de girar sobre si mesmo em busca das inalcançáveis pulgas de seu rabo esquálido. O acossado levantou-se pesadamente e desceu pela trilha dos carrinhos de mão, entrando pelo forro no salão onde ainda se desenhavam, sujos, desbotados, as siringes e os pandeiros de uma alegoria pompeiana. No umbral da porta sem batente, o cão estava à sua espera, latindo sem vontade. "Não valho nem o trabalho de uma mordida" — pensou o homem, atravessando o jardim eriçado de estacas. Depois de afundar até os tornozelos em um lodaçal escamado de gessos, alcançou a rua. A ideia de atravessar a cidade mais uma vez ao longo dos caminhos de árvores e colunas para chegar às lonjuras de Estrella tornou-se inadmissível. Seu cansaço estava além do cansaço. Era um denso torpor de todos os membros, que ainda estavam em movimento, como se fossem carregados por uma energia alheia. Estava resignado a abandonar a luta, a se deter de uma vez por todas e esperar pelo pior; e, no entanto, continuava andando sem rumo, de calçada em calçada, perdido na rua que ele conhecia melhor. Teria caído aos pés daquela árvore, sem aqueles latidos obstinados e surdos perto de seus tornozelos, que o seguiam. Lembrava-se de alguns solares ermos, entre cujos matagais ele podia se esconder e dormir. Mas eles estavam muito distantes para o seu cansaço. O único dinheiro que possuía era a nota falsa que Estrella lhe devolvera, e ele seria rejeitado em todos os lugares, promovendo discussões perigosas. Seu antigo alojamento estava sendo vigiado pelos "outros". Nos hotéis baratos era preciso pagar antecipadamente; para entrar nos grandes, com o ânimo de sair fugindo sem pagar no dia seguinte, sua aparência era lamentável demais. Por que os homens de hoje não tinham aquela antiga providência de "refugiar-se no sagrado", da qual se falava em um livro sobre o Gótico? Oh, Cristo! Se ao menos tuas Casas estivessem abertas, nesta noite inacabável, para cair sobre os ladrilhos na paz das naves, e gemer e libertar-me de tudo o que tenho encoberto no coração...! Oh, jazer de bruços no chão frio, com esse peso de pedra que arrasto — a face posta na pedra fria, as mãos abertas sobre a pedra fria; aliviada minha febre, e essa sede, e esse ardor que me queima as têmporas, pela frieza da pedra...!

Uma igreja se iluminou na noite, rodeada de fícus e palmeiras, reluzindo por todos os florões de seu campanário branco, mais espigado sobre as luzes que lhe saíam do gramado. Os vitrais estavam acesos; ali piscavam a púrpura e os verdes da rosácea principal. E, de súbito, abriram-se as portas da nave, cujo caminho de tapetes encarnados levava a um altar resplandecente de círios.* O acossado aproximou-se pouco a pouco da Casa oferecida; passou sob a ogiva de um de seus pórticos laterais e se deteve, deslumbrado, ao pé de um pilar cuja pedra ressumava o incenso. As mãos buscaram o frescor da água benta, levando-a à testa e à boca. Soou levemente um

---

* Nas décadas de 1930 e 1940, época em que se passa a ação deste romance, os grandes casamentos de Havana costumavam ser celebrados à noite. (N. A.)

órgão, como num ensaio de altos registros. Ali, plantada em um altar de rendas, se alçava a Cruz, na qual se delineava um claro contorno do corpo de Cristo. Tão pasmo estava o homem diante da realidade vinda às suas súplicas que seus lábios não conseguiam murmurar as orações aprendidas no pequeno livro. Ele só olhava; olhava sem cessar o que para ele ardia, fora da noite do medo. Avançava de pilar em pilar — como antes tinha caminhado de uma árvore a outra —, aproximando-se com timidez, passo a passo, da Mesa da Eucaristia. Cada passo, cada estação, o libertava de uma túnica de espantos. Ele parava, aliviado, aspirando com deleite o ar cheirando a ceras derretidas, a tintas usadas na recente restauração de uma Última Ceia. Descansava os dedos na grade do púlpito, na madeira do confessionário, com a impressão de tocar uma matéria preciosa. Pela primeira vez sabia — sentia — o que uma igreja podia ser, levando sua carne, cada vez mais suportável, ao longo da arca mística, em direção Àquele que sangrava por seus pregos e pelos espinhos de sua coroa, sobre mantéis cobertos de flores... "O senhor é um convidado?" —, perguntou uma voz baixa, às suas costas. "Sou um convidado" — ele respondeu sem se virar, ouvindo depois um andar em surdina se afastar. Porém atrás dele um grande murmúrio, iniciado no átrio, tornava-se cada vez mais sonoro à medida que chegava sob as abóbadas. Estava perto da sacristia quando percebeu, de repente, esse rumor, como se sua audição tivesse voltado, depois de uma vertiginosa ascensão aos pincaros do universo. Estavam entrando mulheres com roupas claras, homens de grande cerimônia, meninas com buquês nas mãos: pessoas que não olhavam para ele, que não o viam, movendo, sob as luzes, um girassol de laços e véus. O acossado entendeu por que as naves haviam se iluminado na noite: agora a noiva viria, grandes marchas soariam, arras seriam pagas, as alianças seriam impostas, e o santuário, vazio de novo, voltaria às sombras. Quando tudo acabasse, ele enfim encontraria alguém para ouvi-lo. Esta casa era de asilo e proteção. O pároco, sem dúvida, conhecia o Personagem cuja casa em demolição ficava tão perto dali. Depois de ouvir as abomináveis verdades que sairiam de sua boca — ele diria tudo; tudo, como deve ser dito Àquele de quem nada se pode ocultar —, talvez encontrasse alguma ajuda no confessor. O órgão soou em registros de epitalâmio, e houve um grande movimento em direção ao cortejo que se dirigia ao altar. Envolto nas sombras da capela, o acossado assistia à cerimônia, como se estivesse em sonhos, seguindo os movimentos do celebrante. Os ritos e as leituras lhe pareciam intermináveis, embora repetisse cem vezes para si mesmo que sua impaciência era sacrílega e que não era ele quem estava autorizado a opinar sobre o que ocorria sob os pregos da Cruz. Cantaram outra vez, com bramidos triunfais, os tubos do órgão. E veio a dispersão, em grupos que demoravam muito para sair. As luzes foram se extinguindo; as sombras voltaram à nave principal, enquanto se fechavam, ao longe, as altas portas. Algumas silhuetas diligentes se desdobraram para enrolar os tapetes, enquanto outras tiravam adornos e realinhavam os bancos. Quando aquela gente acabou de partir, fez-se silêncio: um grande silêncio ardido de luminárias que alumbravam levemente as imagens santas: o Cristo na Epifania, o Cristo Agonizante e o Cristo na Ceia dos Apóstolos, cujas tintas demasiado frescas estavam jaspeadas de reflexos... O homem esperou por um longo tempo, não se atrevendo a entrar na sacristia, na qual uma presença se manifestava em um fechamento de armários, com leves choques de objetos metálicos. Porém, de repente, o perfil corpulento do pároco apareceu na soleira da porta, vestido com uma sotaina leve. "Quem está aí?" — perguntou, com voz enérgica, segurando um pesado castiçal. O acossado saiu das sombras, agoniado pelo pensamento imprevisto de que poderia ser confundido com um ladrão. Como querendo se explicar, mostrou o livro da Cruz de Calatrava. O sacerdote o olhava, desconfiado, deixando em suspenso um leve gesto de defesa. Alguém tentava falar com ele, agora, de joelhos, apertando o livrinho escuro entre as mãos crispadas. Mas os soluços entrecortavam suas frases, que não faziam sentido, recaindo sempre nas mesmas ideias de culpa e abominação de si mesmo. Atônito, o pároco ouvia aquela voz rouca, que irrompia em lágrimas e arquejos, acusando-se de crimes obscuros, de perpetrações infernais, sem tentar entender. Ele conhecia, por ofício, as crises daqueles que podiam permanecer um dia inteiro com os braços em cruz, aos pés da Virgem das Dores, reivindicando para si os punhais que levava em suas chagas; ou aqueles outros que narravam suas obsessões como se as tivessem vivido, recomeçando quando já estavam absolvidos — confessando-se cada manhã em uma paróquia diferente, para dizer a mesma coisa —; ou aqueles outros que se arrastavam de joelhos no chão das igrejas, com vários escapulários no peito, ansiosamente ocupados em carregar as andas das procissões — oferecendo os ombros ao Nazareno com demonstrações excessivas de fervor. Eram os mesmos que, quando adoeciam, iam às Falsas Virgens, aos santos de rosto negro, chamando-os por nomes bárbaros. "Amanhã" — dizia ele, pensando em tais paroquianos. "Amanhã. Venha se confessar amanhã." E quanto mais o homem insistia, mais rápido ele repetia: "Amanhã, amanhã, amanhã", acentuado por uma impaciência que se transformava em irritação. Seu olhar se detêve, de repente, no pequeno livro da Cruz de Calatrava que o ajoelhado deixara cair no chão: apesar do imprimátur rubricado em boa e devida forma, tais livros eram dos que se ofereciam entre bonecos vestidos de vermelho, sinetas sacrílegas marcadas com um JHS e cabeças de barro com olhos de caracóis, nas lojas de bruxaria. As orações eram boas, mas se recitavam com o pensamento posto em heresias de santeiros, pedindo coisas que não podiam ser pedidas em uma igreja. A raiva avermelhou o rosto do pároco. Com garra vigorosa, ergueu do chão aquele que continuava falando e o conduziu com firmeza, através da sacristia dos arcazes, até a porta dos fundos, fechando-a com seu corpo largo. "Amanhã" — disse ele, pela última vez, suavizando o tom. "E lembre-se de que você deve vir em jejum; não coma nada depois da meia-noite." Várias voltas de chave soaram atrás da porta. Então, o batente foi travado com uma tábua. De súbito, todas as luzes da fachada se apagaram, as rosáceas escureceram e a igreja fundiu-se às sombras das palmeiras e dos fícus, bruscamente agitados por um vento que cheirava a chuva. "Não coma nada depois da meia-noite."

Andar de novo, cambaleando, tropeçando em tudo — ferido pelas fendas das calçadas, pelas raízes, por uma pedra posta no caminho de seu pé —, com uma última ideia: os círios ainda deviam estar acesos, ali, junto ao ataúde da velha. E eles brilhariam até a aurora, onde já o tinham visto, onde não apareceria nenhum novo rosto. Subir, apertar outra vez as mãos dos parentes, repetir o: "Meus sentimentos", e cair sobre o catre do Mirante, sem se preocupar com os empurrões pressionando a porta. Até depois do enterro ele não seria perturbado. A casa não estava longe, pois aquela era a rua da selaria do fáeton, da gráfica dos cartões de visita. Apressava o passo, fazendo um novo esforço, quando duas mãos nervosas o agarraram por trás, pelos cotovelos. Uma voz familiar soou em sua nuca resignada a receber o golpe. "Quero abraçar um homem" — disse o Bolsista, soltando-o para cambalear em sua direção. E, bêbado, afagando a admiração com enviesados afastamentos do rosto, falava em erguer um monumento à glória daqueles que conservavam, em tais tempos, um espírito heroico. "Necessitamos de irmandades seladas pelo sangue" — gritava, sem fazer caso de quem tentava silenciá-lo, clamando por mortes e purgações necessárias. Pedia para ter uma oportunidade na próxima diligência, fazendo um gesto de disparar com as duas mãos. Queria levar o acossado para as luzes cruas de um bar cheio de gente. "Traga-me algo de comer" — implorou o outro, permanecendo à sombra de um pinheiro. (Faltava tempo para a meia-noite: queria demonstrar a Alguém, olhando para um relógio, que não estava infringindo a regra imposta àqueles que gemiam para se aproximar do Incruento Sacrifício.) O Bolsista, esquecido o apelo, voltou com uma garrafa de aguardente. Ambos foram para o mar, que fechava a avenida e se rompia com embates surdos em uma franja de arrecifes... E agora estavam sentados, lado a lado, naquele antigo banho público, em cujas alvercas retangulares, cavadas na rocha, as ondas morriam vindas por um corredor estreito enegrecido de ouriços. O casarão de madeira, com o telhado afundado onde lhe faltavam pilares, rangia por todas as suas tábuas despregadas diante dos repentinos empuxos do vento. Uma fosforescência entrava, de repente, na piscina maior, como uma roupa verde flutuante, iluminando um fundo carcomido, cariado de alvéolos, onde, entre moluscos com lombo de lagarta, as moreias à espreita assomavam a cabeça. Apagava-se a exalação flutuante e tudo caía em trevas. "Devemos voltar ao sacrifício humano" — descontrolava-se o Bolsista — "ao *teocalli*, em que o sacerdote aperta o coração fresco e suculento, antes de jogá-lo ao podredouro de outros corações; devemos voltar ao horror sagrado das imolações rituais, ao pedernal que penetra na carne e levanta as costelas..." O acossado conhecia a retórica do Bolsista, desde os dias em que ambos haviam estudado no mesmo instituto provincial, fazendo grandes projetos para o futuro. "Somos deste mundo" — divagava agora, com a língua cada vez mais enrolada — "e às suas tradições primárias devemos regressar. Precisamos de caudilhos e sacrificadores, cavaleiros águias e cavaleiros leopardos; gente como você." Vários relâmpagos em sucessão iluminaram, de repente, o barraco de pinho, verde desbotado, ruinoso, roído pelos cupins, onde ambos jaziam, à margem de charcos que fediam a algas podres, a moluscos mortos ao sol, a mar turvo por causa dos dejetos da cidade. "Estou com fome" — gemia o acossado, com a cara no chão. "Bem-aventurado aquele que tem fome" — disse o Bolsista — "nesta cidade de empachados, de abraçados a seus ventres." E vinha, agora, o elogio daqueles que se purificavam pelas privações, pelas provações passadas, erguendo-se às ordens da cavalaria. O cansaço do outro era tal que ele ouvia o bêbado falar sem tentar segui-lo em suas divagações, desfrutando da única satisfação que lhe restava nessa miséria: a de sentir perto dele a presença de uma voz que não era uma advertência de perigo. O Bolsista lhe oferecia a garrafa. Mas a ideia de tragar aquele líquido ardente, sem consistência, densidade ou coisas sólidas para mastigar, e senti-lo passar pela garganta o deixava tão enjoado que fingia encher a boca, com estalos da língua, cobrindo o gargalo com a palma da mão, para que o cheiro não o fizesse vomitar. "O super-homem", dizia o outro. "O super-homem... A vontade de poder", com as ideias tão enevoadas que não conseguia acompanhar a si mesmo na exposição de uma teoria obscura que permanecia em retalhos de frases, entrecortadas por grunhidos coléricos e insultos confusos, destinados a pessoas não nomeadas. O acossado resolveu deixar-se dormir: o Bolsista, tomada a garrafa, acabaria por adormecer também, ou ir embora, sem se lembrar de onde tinha estado ou com quem. Afrouxou o cinto, abriu o colarinho, pôs no chão a pistola — que lhe pesava demais —, deixando-se jazer de costas, de olhos fechados, enquanto os ouvidos se afastavam das palavras do outro, como a criança sonolenta se deixa levar pela canção de ninar, cujas palavras se esfumaçam e se apagam... Quando já ia mergulhando em seu sono agitado, o outro o agarrou pelo braço, desaninhando-o num sobressalto. Perto deles, um homem e uma mulher estavam mesclados na mesma silhueta. A cabeça alta se inclinava sobre a outra, em uma ânsia envolvente de braços que se estreitavam. Na claridade de um relâmpago, pareceu que ambos eram negros. O vestido dela começou a esvoaçar, caindo de mangas abertas, com um bafejo de vetiver. O homem a estreitou pela cintura, estendendo-a sobre um banco, e um novo relâmpago iluminou, por um segundo, um corpo em metamorfose, cujo acasalamento movido por bramidos surdos mais parecia a execução de um rito cruento do que um abraço deleitoso. De repente, aquela carne embolada rolou do banco, com o desabamento de um odre caído, sem se dividir nem separar. "São nossa força!" — gritou o Bolsista. "São nossa força!" As sombras se endireitaram. O homem avançou em direção àquele que havia gritado com uma atitude agressiva, enquanto a mulher se encolhia em um canto, procurando o vestido. O acossado deslizou para a rua, e um barulho de golpes em carne macia o fez pensar que o Bolsista recebia socos que não conseguia devolver. De súbito, um longo trovão ressoou e começou a chuva. Uma chuva quente, compacta, rápida, daquelas que varrem do alto, deixando a terra coberta de coágulos empoeirados. Surpreendido pelo temporal, o fugitivo se pôs a correr em direção à casa do Mirante. Mas era tanta água que agora jorrava dos beirais, transbordando as goteiras, caindo aos jorros pelas calçadas, que ele se precipitou a entrar em um café perto da Sala de Concertos, impulsionado por um instintivo escrúpulo de conservar a decência última de seu terno escuro. Dois homens, ao vê-lo, se levantaram. O acossado compreendeu, pela combinação dos olhares, pelo aprumar-se lento, pelo gesto de buscar o bolso do coração, que se levantavam para executá-lo. Sua mão procurou a pistola, crispando-se sobre sua ausência: a arma havia ficado lá, no chão do banho público. Uma ambulância chegava a toda a velocidade, com suas sirenes uivando; o perseguido se atirou na frente dela, apavorado, correndo para o vestíbulo da Sala de Concertos. A ambulância, que freou bruscamente, tinha ficado entre seu corpo e os gestos que estavam em suspenso na altura do bolso do coração.

III

(... E os músicos, com aqueles instrumentos que parecem grandes molas, terminaram de tocar sua música de matilhas abençoadas, sua missa de caçadores; depois o silêncio, tantas vezes "ouvido" na terrível solidão do Mirante — quando a simples pessoa de um instalador de linha telefônica, içado à sua flora de isolantes verdes, à altura de meu terraço, recobrava os poderes do Anjo da Morte —; depois de uma pausa, é a outra música, a música aos saltinhos, com algo daqueles brinquedos de crianças muito pequenas, que, pelo movimento contrário de varinhas paralelas, põem dois bonecos para bater em martelos, alternadamente, sobre um malho; agora virão as valsas quebradas, os gorjeios das flautas, e depois as trombetas, as longas trombetas, como as que embocavam os anjos dourados do órgão da catedral de minha primeira comunhão; minutos, minutos nada mais;

então todos aplaudirão e as luzes se acenderão, todas as luzes; e será preciso sair por uma das Cinco Portas; três atrás de mim, que serão como uma só; duas para o parque, que serão como uma só; eles, os dois, estarão me esperando do lado de fora, fumando, com as mãos atentas. Sair envolvido por gente; dispor corpos ao redor de meu corpo. Mas esses corpos se cruzarão, desordenarão seu cerco, em uma dispersão apressada; a mulher da raposa não será mais vista; o homem que estava a seu lado atravessará o parque, sozinho, inútil porque está só; o da frente, cujo pescoço não quero olhar, irá embora; e o da esquerda, com seus arquejos e o alto dos joelhos inquietos, e os namorados que ouvem com o cenho franzido, de mãos dadas; e ficarei sozinho no comprimento infinito da calçada de granito molhado, escorregadio, ruim de correr; estarei sozinho, em campo aberto, sem arma, diante daqueles que agora sim terão tempo de levar as mãos ao bolso do coração, de mirar, de apertar os gatilhos sem pressa, de esvaziar os pentes em uma só saraivada. Ah! O uivo, o olhar daquele que rodava diante de mim, daquela vez, com o pescoço marcado de acne — pescoço tão parecido com esse pescoço que havia de estar aqui, mais perto do que o outro quando o deixei na mira de minha arma de cano encurtado... Os de fora, aqueles que me esperam, também olhavam para o pescoço marcado de acne — não olhar para ele, não olhar para ele. "Tire a trava" — disse o mais alto, aquele que nunca esquecia o que precisava ser feito nesses momentos, depois ditando o rumo da fuga — "à direita, sempre à direita", "o caminhão passa", "à esquerda", "o túnel, agora", "cuidado" — sem nunca se deparar com um obstáculo, uma delegacia de polícia ou as barreiras de uma linha férrea; o alto que está do lado de fora, esperando que todos aplaudam e as luzes se acendam, com os olhos postos nas três portas que são como uma, ou nas duas portas que são como uma, da esquina, de onde se pode olhar, ao mesmo tempo, para as cinco portas. "Tire a trava" — dirá ele, quando os aplausos irromperem e as luzes se acenderem, e os porteiros correrem as cortinas vermelhas fazendo soar as argolas em suas varas, como fichas de pôquer... Os camarotes, todos vermelhos na penumbra; o cetim encarnado das cadeiras; o veludo carmesim dos parapeitos; a cor vinho dos tapetes; camarote como casa, como alcova, como leito de altas bordas; deitar-me no chão, sobre o cheiro de poeira, a face entre as tachinhas do canto, a cabeça afundada na escuridão, as pernas debaixo das cadeiras, como se sob teto, como se sob telhado, vermelho como as telhas da alfaiataria; largar-me como cão em algo mole, revolvido, que amacia o chão; voltar às choças da infância, feitas de tábuas, retalhos, papelão, nas quais eu me entocava em dias chuvosos, entre as galinhas molhadas, quando tudo era umidade, borbulhões, goteiras — como agora —, e não respondia aos que me chamavam, aproveitando melhor minha solidão na penumbra, não responder quando me chamavam, sabendo que eu era procurado onde não estava... Já chegamos às valsas quebradas, que nunca terminam de ser valsas, aos gorjeios das flautas; depois serão os trompetes, os longos trompetes, e a mulher da raposa já pega sua pele e se alivia de algo que a incomoda sob a saia, acreditando que todos olham para a orquestra; e há em todo o público, que está como na igreja, um quase imperceptível voo de mãos, de mangas, de dedos voltados para o corpo, o aprumo, a recontagem do trazido, que acompanha na igreja o "Ite, missa est". Respiro fundo, sereno, muito sereno; por fim encontrei o que era tão fácil, tão fácil, muito mais fácil: o único fácil. Não sairei. Aplaudirão e as luzes se acenderão, e será a baderna sob as luzes. Reunirão suas coisas, subirão suas peles; terão o cuidado de mostrar suas joias, darão adeus por cima das fileiras, dizendo que tudo foi magnífico, e formarão grupos, fileiras lentas, em direção à saída; e será fácil esconder-se atrás das cortinas de um camarote e esperar até que todos tenham ido embora; esperar que os porteiros fechem as portas dos camarotes, depois de ver se algo foi esquecido nos assentos. E os dois acreditarão que eu saí com o público, embaralhado, embrulhado; acreditarão que meu rosto se perdeu entre tantos rostos, que meu corpo se confundiu com demasiados corpos juntos para que eles conseguissem me ver; e me procurarão lá fora, no café, sob as pérgolas, atrás das árvores, das colunas, na rua da selaria, na rua da gráfica de cartões de visita; pensarão, na melhor das hipóteses, que subi ao andar da velha, para me esconder entre os negros do velório; talvez subam e vejam o corpo, encolhido em sua caixa de tábuas baratas; talvez me procurem até no Mirante, sem suspeitar que minhas coisas puras, minhas caixas de compassos, meus primeiros desenhos, estão dentro do baú. Não pensarão que permaneci aqui. Ninguém fica em um teatro quando o espetáculo acaba. Ninguém permanece diante de um palco vazio, na escuridão, onde nada se mostra. Fecharão as cinco portas com ferrolhos, com cadeados, e eu vou me largar no tapete vermelho daquele palco — onde já se levantam os de trás — enrodilhado como um cachorro. Dormirei até depois do amanhecer; até depois da claridade das dez; até depois do meio-dia. Dormir: dormir primeiro. Mais adiante começará outra época.)

"Depois daquele prodigioso *Scherzo*, com seus torvelinhos e suas armas, vem o *Final*, canto de júbilo e de liberdade, com suas festas e suas danças, suas marchas exaltantes e seus risos, e as ricas volutas de suas variações. E eis que, no meio dela, reaparece a Morte, que jaz além da Vitória. Mas, outra vez, a Vitória a rejeita. E a voz da Morte é sufocada sob os clamores de júbilo..." Em *fortissimo* desciam agora as cordas e as madeiras do *Presto*, para abrir-se em ambos os lados de um alegre concerto de cobres. "Posso abrir agora?" — perguntou o lanterninha, vendo que o bilheteiro fechava um livro com gesto irritado, não prestando mais atenção ao que soava por trás da cortina de adamascado puído. Tudo o exasperava esta noite: a sinfonia perdida, o cheiro de chuva em seu único terno, as formas da carne apalpada que ainda aqueciam suas mãos; o desejo presente, latejante, a despeito de não poder aplacá-lo, as penúrias de sua vida obscura — "atrás das grades..." — e a tristeza do quarto em desordem que agora o esperava para tornar a insônia mais ingrata. Ele a empreendia a meia-voz com Estrella, tratando-a pelo que era. E voltavam-lhe suas queixas sobre a inquisição e as coisas que tinha dito sob ameaça; decerto havia delatado alguém; alguém que confiara nela, esquecendo que uma rameira é sempre uma rameira, e lixo é seu sobrenome; certamente por ter delatado tentava encontrar desculpas no espanto, dizendo: "Senão eu iria para a prisão feminina; senão teria de sair do bairro; agora queriam saber até com quem fazia a vida". E ele a ouvira sem entender, surdo a tudo que não era a urgência de seu desejo. Deu um soco na gaveta de dinheiro, repetindo, à exaustão, o insulto que lhe soava melhor, desde que se vira expulso de casa por falta de algumas moedas. À sua esquerda, ao lado do *Beethoven, as grandes épocas criativas*, estava estampado, em um cartaz orlado de vinhetas, o artigo da regulamentação nacional de espetáculos: "O encarregado da venda ao público dos assentos tomará conta, com a devida antecipação, da bilhetagem carimbada, para sua revisão e correção das falhas ou dúvidas existentes, entregando a arrecadação devida dentro de seu horário; para tanto, fechará a bilheteria meia hora antes do término de sua jornada". Chovia de novo, e o barulho da água nas árvores próximas, nas calçadas, no granito da escadaria se confundia com o barulho de aplausos que crescia dentro do teatro. "Abra" — disse o bilheteiro, passando a chave na portinhola: "O maestro é repugnante; conduziu a Sinfonia de tal forma que ela não deve ter durado seus quarenta e seis minutos". Olhou para o terraço da velha; logo iria se certificar de que não era ela quem tinha morrido. O público apressava-se a sair da sala, com medo de que a tempestade se intensificasse, com aqueles ventos vindos do mar, que antecipavam o mau tempo anunciado, esses dias, pelo Observatório. Fecharam-se as portas laterais e restaram apenas alguns indecisos, discutindo a interpretação, entre os espelhos e as alegorias do vestíbulo.

Então, dois espectadores que haviam permanecido em seus assentos da penúltima fila se levantaram lentamente, atravessaram a plateia deserta, cujas luzes iam se apagando, e se debruçaram sobre o parapeito de um camarote já nas sombras, disparando no tapete. Alguns músicos voltaram ao palco, com os chapéus postos, abraçados a seus instrumentos, acreditando que os estampidos pudessem ter sido um efeito singular da tormenta, pois, naquele momento, um prolongado trovão retumbava pelo teto do teatro. "Um a menos" — disse o policial recém-chamado, empurrando o cadáver com o pé. "Além disso, passava notas falsas" — disse o bilheteiro, mostrando a cédula do General com os olhos sonolentos. "Mê dê isso" — disse o policial, vendo que era uma nota verdadeira: "Irá constar da ata".

Caracas, 20 de fevereiro de 1955

ESTA OBRA FOI COMPOSTA PELO ACQUA ESTÚDIO EM MERIDIEN
E IMPRESSA PELA LIS GRÁFICA EM OFSETE SOBRE PAPEL PÓLEN BOLD
DA SUZANO S.A. PARA A EDITORA SCHWARCZ EM JUNHO DE 2023

A marca FSC® é a garantia de que a madeira utilizada na fabricação do papel deste livro provém de florestas que foram gerenciadas de maneira ambientalmente correta, socialmente justa e economicamente viável, além de outras fontes de origem controlada.